JN185975

モバイル・コミュニケーション・ファンド
子どもの明日

そして、生きる希望へ

貧困に立ち向かう子どもたち

阿蘭ヒサコ
冨部志保子 著

はじめに

現代の日本社会において、不登校やひきこもり、児童虐待、貧困、非行、発達障がいなど、子どもをめぐる状況は大きな社会問題となっています。扇情的な見出しとともにメディアで報道されることも少なくありません。

現在の子どもたちは、一人ひとりがいろいろな問題を抱え、それを克服しながら成長しています。このような子どもの状況や心情を理解できる大人がいるか、受け入れることができる社会であるか、ということが子どもの健全な成長のために重要ではないでしょうか。

今後の社会の健全な発達のためには、問題を抱える子どものことを「他人ごと」と思うのではなく、社会全体の課題としてとらえることが必要であると考えます。

こうした問題意識のもとに、「ＮＰＯ法人モバイル・コミュニケーション・ファンド」は二〇〇三年から「ドコモ市民活動団体への助成」を開始しました。これは次世代の社会を担っていく人材を育成するという観点から、子どもたちの健全な成長のために取り組んでいる市民活動団体への活動資金の助成事業です。

家庭内・地域社会のなかで弱い立場にあり、被害を受けやすい子どもにふりかかる問題に真摯に取り組み、子ども育成のために活動している市民活動団体への支援を通じ、未来の社会を担う子どもたちが、明るく、健やかに成長できることをめざしています。

そして、こうした市民活動団体を側面からサポートするために、書籍「子どもの明日」シリーズは企画されました。すなわち、本シリーズの出版は、「今、子どもたちに何が起きているのか」という現状を多くの人に知っていただくことを目的にしています。そして、これらの問題を皆様とともに共有し、社会全体の課題として取り組んでいくことが「子ども育成」「子どもを守る」活動をしている様々な市民活動団体への間接的な支援となり、問題を克服していく大きな力となるのではないかと考えています。

二〇一四年度は、「貧困家庭における子どもの居場所」と「両親と暮らせない子どもの社会的養護」の二つのテーマを取り上げました。

二つのテーマとはいえ、その根っこに共通してあるのは、「子どもの貧困」の問題です。後にも出てきますが、二〇一二年の調査によれば、平均所得の半分以下で暮らす一八歳未満の子どもの貧困率は一六・三％と、実に六人に一人の子どもが貧困状態にあるといえます。

所得が低いという「経済的な貧困」が大きな問題であることは以前と何ら変わりませんが、加えて昨今問題となっているのが、「関係性の貧困」の問題です。「関係性の貧困」とは、家庭内でのドメスティック・バイオレンス（ＤＶ）や不登校、あるいは社会からの孤立などのように、子どもとそれを取り巻く大人たちとの間に、適切な関係性が構築されていない状態のことをいいます。

こうした状況に置かれた子どもたちは、生きる希望や尊厳を奪われたり、誰かに相談したいと思っても相談できる相手を持つことができずに、つらく厳しい状況を強いられています。

「関係性の貧困」にある子どもたちとどのようにつながり、豊かな関係性を作り出すことができるのか。それが現代社会を生きる私たちにとっての大きな課題であるといえるでしょう。

こうした問題意識をベースにして、本書における二つの小説では、まずは貧困状態にある子どもたちの現状を報告します。そして、彼ら／彼女らがどのように自分たちの居場所や新たな関係性を見出し、そのなかでいかに希望と尊厳を回復していくのかを、それぞれのストーリーで描いています。

私どもはこれらの小説を通じて、多くの読者の方々に「子どもの貧困」問題への関心を持っていただければと思っています。そして、そうした関心と理解こそが、子どもたちのより良い未来を創り出す大きな原動力になることを信じてやみません。

NPO法人モバイル・コミュニケーション・ファンド
理事長　山田隆持

そして、生きる希望へ——貧困に立ち向かう子どもたち

目次

※本書に掲載している「生んでくれてありがとう」「シェアライフ」はすべてフィクションです。ストーリーは客観的な事実や研究・分析によって構成しております。実在する団体や個人などには一切関係がありません。

※本書に掲載している「生んでくれてありがとう」「シェアライフ」については、中学生の読者にも読みやすいように漢字にルビ（ふりがな）をつけています。

生んでくれてありがとう

貧困のなかで育つ子どもたち

阿蘭ヒサコ

第一章　母子家庭となる

「コン」と音がして、水の入ったグラスが倒れた。その瞬間、テーブルを囲んでいた家族の顔に怯えた表情が浮かんだ。

「ばっかやろう！　何やってんだ、亮っ！」

真向かいに座っていた父親、藤田啓介が亮の頭を叩いた。

「だってえ、腕が当たっちゃったんだもん」

亮がモゴモゴと言い訳をする。

〈亮のばかちん、さっさと謝れよ〉姉の美紀が心のなかで舌打ちをした。

母親の紀代子が布巾で手際よくこぼれた水を拭く間、その場に緊張した空気が流れる。

「なんだとー、おい！　言い訳をするなっ！」

啓介がイスから立ち上がると同時に、亮が
「ご、ごめんなさいっ、もうしませんから」と謝る。

紀代子が亮をかばい、

「あなた、すみませんでした。殴るなら私を殴ってください！」と亮の前で頭を下げた。

「ふんっ、だいたいお前のしつけがなってないからこうなるんじゃないか。甘やかしすぎなんだよ、ボケが」

「はい。ほんとにすみません」

しおらしく謝る母を見つめながら、〈お母さんが悪いわけじゃない。もう、ほんとあの人イヤだ〉と美紀は思った。その日はまだ飲み始めで酒がそんなに入ってなかったせいか、父もそれ以上手を出すことはなく、テレビの野球中継に関心が移ってよかった。

小学五年生の亮と中学二年生の美紀は、そそくさと夕食のカレーライスを食べ終えて、食器を流しに持っていくと子ども部屋に引き上げていった。

紀代子は後片付けをしながら、啓介のためにつまみを足したり、焼酎のお代わりを用意したりしていた。

「お前、この間中村産業の吉田に色目使ってただろ。事務所に吉田が来て『今日は奥さんいらっしゃらないんですねー』って言ってたぞ。パートとか言って、外で吉田と会ってんじゃねーのか」

「あなた、よくそんなひどいこと……。そんなことあるわけないじゃないですか。いやですよ、やめてくださいよ」

軽く受け流そうとしながら、紀代子は〈またか〉とゲンナリしていた。

啓介は不動産業を営んでおり、羽振りのよかったときは人を雇ってそれなりの利益をあげていたが、ここ数年は景気の後退とともに収入も落ち込み、従業員も解雇せざるを得なくなっていた。週に一、二度、紀代子が事務的な仕事を手伝っているが、生活費にさえ困るようになり、紀代子はパートで宅配便業者の事務の仕事もしていた。「中村産業の吉田」のことは啓介の仕事のお得意さんとしてもちろん知ってはいるが、関係を疑われるようないわれはない。紀代子が愛想よく挨拶を交わすだけで、すぐに啓介は邪推するのだ。

「てめえ、ウソついてんじゃねえぞ。どこまで俺をバカにすれば気がすむんだ。子どものしつけも満足にできないくせして」

啓介の目がすわっていた。〈また殴られる〉紀代子が身を固くしてその場に立っていると肩をどつかれた。思わず倒れて座り込むと背中を蹴られた。

「おまえのような無能な女と結婚してやった俺に感謝しろよっ！　バカ女」

何度か蹴ると、気がすんだのか疲れたのか、啓介はソファに横になった。紀代子は暴力を振るわれている間、抵抗もせずに啓介の言った言葉を頭のなかで繰り返していた。〈ムノウナオンナ、バカオンナ、ムノウナオンナ、バカオンナ〉暴力が終わった後も、うつろな目をしてその言葉を反芻していた。すると、心配そうにドアの陰から紀代子を見ている子どもたちの姿が目に入った。紀代子は〈大丈夫よ〉と目で合図をして、身体の痛みをこらえながら、よろよろと立ち上がり食卓を片付けだした。


啓介が紀代子に手をあげるようになったのは、仕事がうまくいかなくなってからのことだった。出会った頃は、羽振りもよく高級外車でドライブに連れていってくれたりした。従業員に指示を出し、仕事を精力的にこなしていく啓介は、紀代子には輝いて見えた。美紀を妊娠したことを機に結婚。紀代子はそれまでエステティックサロンで働いていたが、仕事を辞めて専業主婦となった。啓介は全く「家庭的」な夫ではなく子どものおむつを替えたこともなかったが、十分な生活費を入れてくれていたし、週末の営業と称してのゴルフも、夜のクラブ通いもあまり苦にはならなかった。何より紀代子には可愛い子どもたちがいた。「亭主元気で留守がいい」とばかりに、子どもとの生活を楽しんでいた。ハワイや沖縄に家族旅行したこともあった。紀代子も子どもたちも、その頃のことは、今でも楽しい思い出として心のなかにしまっていた。

　五年ほど前、会社の状態が下降気味になりだしてから、啓介は紀代子にあたるようになった。きっかけは何でもよかった。子どものしつけでも、料理の味付けでも、何かにつけ少しでも気に入らないことがあると紀代子を無能呼ばわりした。それまでにも啓介の少々横柄な態度が気にならないわけではなかったが、仕事の実績もあったことから紀代子はよしとしていたのだった。それがだんだんエスカレートしていき、しまいには言葉だけでなく手も出るようになっていた。

　初めて手をあげられたときはショックで、身体もそうだが心も相当痛かった。美紀が五年生、亮が二年生の頃だった。美紀はその日、熱を出して学校を休んでいた。紀代子は啓介の事務所には行かず看病をしていたのだが、昼過ぎに亮の担任から電話があり、亮も熱が出てきたので迎えに来てほしいと言われ、美紀の状態が安定していたので自転車で迎えに行ったときのこと。たまたま早くに帰ってきた啓介が熱があるのに一人で寝ている美紀を見て激怒した。紀代子が亮を連れて帰ってくるなり、

「おまえは、病気の娘を一人にしてどこに行ってたんだ、それでも母親かーっ！」といきなりキレた。子どもたちの見ている前で紀代子の髪の毛をつかんで床に叩きつけた。理由を言う暇もなかった。見かねて美紀が

「お父さん、やめて！　お母さんは亮を迎えに学校に……」と言ったが、

「うるさいっ。おまえなんか母親失格だ！」とすごい剣幕で紀代子を蹴った。

「ごめんなさい、ごめんなさい」

謝り続ける母に、恐ろしさに凍りついている子どもたち。そのうち、啓介は蹴るのをやめて家を出ていった。

紀代子は子どもたちを落ち着かせながら、自分も恐怖で呆然としていた。よほど家

を出ようかと思った。が、啓介の会社で事務仕事をするくらいで、自分の稼ぎはなく、実家の親も年金暮らしで頼れない。何よりも子どもたちから父親を引き離すのはかわいそうに思い、辛抱しようと思い直したのだった。今思えば、そのとき子どもを連れて出ていたら、子どもたちへの傷は今より浅かったのかもしれなかった。

それからというもの、啓介はお金がないので夜もあまり出歩かなくなり、家にいる時間が長くなった分、紀代子や子どもたちへの皮肉まじりの暴言を吐くようになった。中学の定期テストの勉強をしていた美紀には、「おまえは母さんに似て頭が悪いんだから、いくら勉強したって無駄だ」と言い、サッカークラブで五年生ながら一人六年生のチームに入れてもらって活躍している亮には「なんで野球じゃなくてサッカーなのか。サッカーなんて辞めちまえ」と悪態をつく。

子どもたちも啓介がひどいことを言っているときは、じっと我慢してその場をやり過ごしたほうが、早く嵐がおさまることを体得していった。そんなふうに、家では息をひそめて啓介の暴言と暴力に怯えながら暮らしていた。

しかし、安心して過ごせるはずの家庭がそんな状態では、思春期の子どもたちにとってどこかでひずみが生じるのはある意味仕方のないことだった。藤田家の場合、それは亮に表れた。学校で低学年の児童をいじめていると親から苦情がきているということで、紀代子が学校に呼び出された。

「藤田くん、同じサッカークラブの二年生男子に、休み時間、サッカーの特訓だと言って強いボールを蹴ってわざとぶつけているようなんです。何かご家庭の様子で変わったことはありませんか？」

　担任の先生にそう言われて、紀代子はびっくりした。

「本人によく話を聞いて、言って聞かせますので」とひたすら頭を下げて帰ってきた。

啓介のいないときを見計らって、紀代子は亮に尋ねた。

「亮ちゃん、サッカークラブの二年生をいじめてるって先生が言ってたんだけど」

　ドキッとした表情をした亮が、

「いじめてなんていないし。あいつがもっとサッカーうまくなりたいって言うから特訓してやっただけだもん」

「それならもっとやさしく教えてあげればいいじゃない。先生がボールをぶつけてたって言ってたけど？」

「うるさいなー、見本をやって見せたら、たまたまあいつがよけらんなくて当たっただけじゃん」

「そうなの？　ほんとにそれだけ？　じゃあもっと気をつけてちょうだいね、お願いよ」

「はいはい、わかったよ」

　亮はそう言って子ども部屋へと引き上げていった。このところ亮は学校であったこととか、友達のこととか全然話をしてくれなくなり、紀代子は気がかりだった。

　それから数日後のことだった。啓介がつまみの品数が少ないことに文句を言いながら晩酌を始めた頃、家のチャイムが鳴った。たまたま紀代子が天ぷらをあげていたため手がはなせなかったので啓介が出ると、低学年くらいの男の子とその母親が立っていた。

「あの、うちの息子がお友達と公園でサッカーをしていたら、お宅の亮くんが一緒にやり出して、うちの子めがけて近いところからボールを蹴ったそうなんです。それで……」と子どもの顔に目をやった。その子の目のあたりは腫れていて青くなっていた。

「これはこれは。おーい、亮！」

啓介が呼ぶと亮が紀代子の身体に隠れるようにしながら、気まずそうに出てきた。その母親とは学年は違うが、紀代子はサッカークラブでたまに顔を合わせていた。

「まあ、これはひどい。本当にどうも申し訳ありませんでした。ほら、亮も謝りなさい、早く！」

「ごめんなさい……」

「実は学校でもそんなことがあったようで、担任の先生にも言ったんですが、今日は学校の外だったので。同じ学年同士のボール遊びの事故とかなら私もしょうがないと思ったのですが。うちはまだ二年生なので五年生の亮くんのほうがやはり気をつけてもらわないとと思いまして。あと、至近距離からだったようなので、『事故』ではすまされないんじゃないかなとも思うんですよね」

「いや、ほんとに大切なお子さんにひどいことをしてしまって申し訳ありませんでした。きつく叱っておきますので」

啓介が、男の子の顔を心配そうに気遣いながら頭を下げた。外面はいつもよくて、しっかりとした父親らしい対応をする夫とともに、紀代子も頭を下げた。

「もううちの子には近づかないようにご指導くださいね」

そう言い残して親子は帰っていった。その後すぐのことだった。啓介の顔がついさっきの恐縮した表情からみるみるうちに怒りに変わり、

「おまえはあんなに小さい子にケガさせて、いったい何をやってるんだっ！」と立っていた亮の肩を平手で叩いた。亮があまりの剣幕に怖じ気づいて倒れ込むと、すかさず蹴りが入る。慌てて紀代子が亮をかばって間に入ると、今度は紀代子を殴った。

「あなた、ごめんなさい。私が悪いんです、ごめんなさい」

「そうだ、おまえが甘やかすからこんなことになるんだ！　子どもも満足に育てられないバカ女！」

亮は自分のせいで母親がボコボコにされているのを見て、廊下の端にうずくまりずっと泣いていた。啓介が逃げようとした紀代子の髪の毛をつかんで首を絞めていたとき、部活から帰ってきた美紀がドアを開けた。あまりの惨状に、一瞬呆然としながら、

「お父さん、やめて！　やめてよ。お母さんが死んじゃう、死んじゃうよ！」

〈死〉という言葉に反応したのか、啓介がやっと手を止めた。

「ふんっ」と言って、食卓に戻り晩酌の続きをしだした啓介だったが、突然席を立って家から出ていった。

美紀と亮はそれぞれに泣いていた。亮は、自分のせいで母親がひどい目にあい申し訳ない気持ちで。美紀は、父親への憎悪とどうしてうちはいつもこうなんだろう、という絶望感で。紀代子は、それまでにも叩かれたり蹴られたりはしていたが、首を絞められたのは初めてで、殺されるかもしれないという命の危険を感じたことに自分でも驚愕していた。さらに、紀代子がいなければ間違いなく亮が同じことをされていたわけで、そう思うとゾッとした。

「お母さん、ケーサツ行こ。このままだとほんとに殺されるよ。もういいよ、あんなお父さん。逃げようよ」

「うん。そうだね。そうしようね」

美紀の言葉で紀代子も心が決まった。それまでにも何度か、家を出たほうがいいと思ったことはあった。そのときは経済的なことや子どものことを考えて踏みとどまったが、啓介の仕事はますますうまくいかなくなり、それと比例して暴力もひどくなる一方だった。結局は紀代子のパート収入で家計を支えている今、啓介と別れても経済的には今とそれほど状況が大きく変わるわけではないだろう。

毎日毎日啓介にバカだと言われ続け、自分がバカなのだからしょうがない、と思い込んでいたが、「弱い者いじめをするな」と言いながら小学生の自分の息子を殴る啓介を見て、ハッとした。弱い者いじめをしているのは啓介だ。「しつけ」と称して父親のすることを見て、亮は自分も「特訓」だと言って同じことをしていたのだ。こんな暴力を振るう父親と一緒に過ごしていたって、子どもたちには何もいいことはない。むしろ、子どもたちがだめになる。

それからの紀代子の行動は早かった。翌日には警察に行き、すべてを話した。子どもがいるということで、役所の福祉課を紹介してもらい、そこでなんとか子どもと三人、夫の暴力から逃れて安全に暮らしたいと訴えた。

それから一カ月。「もうあなたと一緒に暮らすことはできません」と書いた置き手紙と自分の署名、捺印済みの離婚届けを置いて、紀代子は子どもたちとともに家を出た。生活保護が認められ、住宅扶助ということで転居先の費用を出してもらうことができたのが大きい。「まずはお子さんを守りましょう」と担当職員に言われ、紀代子も気を強く持たねばと思った。

新しい住まいは、子どもたちが学校を変わらなくてすむように、学区内だが前のマンションからはできるだけ離れたところだった。古いアパートで、それまでのマンションよりかなり狭かった。啓介がいないのを確認しながら、三人が自転車で何往復かして洋服や勉強道具などを運んだ。啓介に見つからないよう裏道を通り、ハラハラしながら大急ぎで移動した。担任の先生や校長先生に事情を話し、子どもたちは一週間、学校を休ませた。その間に、以前から事情を話していた啓介の姉、雅代に、離婚届けに判を押すよう話をしてもらった。

雅代も夫のDVが原因で離婚していたので、紀代子の事情をすぐにわかってくれた。そして実の弟ながら、大変な迷惑をかけて申し訳ないと何度も謝ってくれていた。今回、意を決して家を出るにあたり、啓介の説得という一番厄介な役割を買って出てくれた。

「紀代子さん、啓ちゃんなんだけど」

少し離れたところにある喫茶店で、紀代子は雅代と会っていた。

「どうでしたか？　やはり荒れてましたか？」

「うん。紀代子さんたちが出て行った日はね、さすがに。あちこちウロウロと探し回ってたみたいよ。私も仕事が終わってから行ったから夜九時過ぎだったんだけど。なんか歩き疲れて家に帰って、お酒飲んで一人でブツブツ言いながら怒ってた」

「やっぱり。それでお姉さんに暴力とかは？」

「それはさすがになかったわ。だけど、ほら、ハワイに行ったときの写真を飾ってたじゃない？　その前で『恩知らず』だとか『誰のおかげで』とか、悪態ついてたから、『啓ちゃん、それはちがうんじゃないの』って言ったの。どうして出て行ったのか、わかってるよね、って」

「そしたら？」

「最初は自分でもどこに怒りをぶつければいいのかわからないって感じだったんだけど。私が子どもの頃の話をしてね。うちの父もすぐにキレてお母さんに手をあげる人だったから。私たちそれを見て育ったから、絶対あんな大人にはならないって思ってた。啓ちゃんのやってたことは結局お父さんと同じじゃないのって

「以前に聞いたことがあります。自分も父親からほめられたりしたことがないから、どんなふうに子どもを育てたらいいのか、よくわからないんだって。そのときはかわいそうな人なんだなって、思ったんですけどね」

「結構壮絶だったから。お父さんの暴力が始まると、啓ちゃんと二人で震えてた。その話をしたら、突然啓ちゃんが泣き出したのよ。自分なりに思うところがあったんでしょうね。『姉ちゃん、どうしよう』って泣きながら言ってた。だから紀代子さんも子どもたちも、辛抱に辛抱を重ねて、耐えきれずに出て行ったんだから、啓ちゃんも探したりするんじゃなくて、自分自身に向き合ってよく反省しなさいって言っておいた」

「そうですか……。それで離婚届けは？」

「その日は啓ちゃんも混乱してたから、そのまま帰ってきたんだけど、一週間後の夜にまた行ってみたの。そしたらテーブルの上に用意してあった。はい、これ」

そう言いながら、雅代は啓介の署名と捺印がされた離婚届けを手渡した。

「結局は問題なく、離婚に合意してくれたんですか？」

紀代子が離婚届けに目を通し、拍子抜けしながら尋ねた。

「子どものときのことを思い出して、自分がひどいことをしたってことがわかったんじゃないかな。『姉ちゃん、親父とおんなじだよ。サイテーだな』って寂しそうに言ってた。すごく落ち込んだ様子で。もともとは弱くて心の優しい子だから」

雅代が弟をかばうように言った。

「優しかったら、首絞めたり蹴ったりしませんよ」

あきれたように紀代子が言うと、

「優しくて弱いから、さらに弱い者への暴力に訴えるしかなくなっちゃうのよ。結局、啓ちゃんは父と同じようなことをして、私は暴力夫に悩まされて離婚した。因果なものよね。でもまあ、とりあえずすんなり離婚できたことは不幸中の幸いだったと思う。私のときは家を出た後も大変だったから。シェルターに身を隠して、調停でも離婚できなくて、結局裁判になったから。役所も全然味方してくれなくて。達也のために逃げようと決心したのに、『まずはお母さん一人で生活を安定させて、それまでお子さんは施設に預けたらどうですか』なんて言われてね」

「まあ。役所って担当者によっても対応が違うんですねえ。私は自分も母子家庭で子どもを育てているという方がたまたま担当で、ラッキーでした」

「ほんとにそうよ。私は達也と二人、行ったこともない町に逃げて、住み込みの仕事を見つけて。夫に見つからないように影をひそめて何年か暮らしたの。だから、とにかく啓介には、十分傷ついている紀代子さんたちをそっとしてあげなさい、ってことと、子どもの養育責任はあるんだから、少しでもお金を送れるように、今の仕事に見切りをつけて別の仕事を見つけるなりして、ちゃんと稼ぐようにって言っておいたわ」

「お義姉さんには、何から何までお世話になってしまい、ありがとうございました。家を出ようと決めたとき、警察や福祉課の人以外、誰にも相談できなくて。DV離婚されたお義姉さんなら、もしかしたらわかってくださるかと思って。でも啓介さんは実の弟なわけですし、お義姉さんからも私が責められるんじゃないかと、最初はヒヤヒヤしてたんですけど」

「何言ってるの。男が力の弱い女子どもに手をあげるなんてことは、どんな理由があろうと許されることじゃないのよ。もっと早くに相談してくれたらよかったのに。まあ私も別れようと思うまで一〇年かかったし、なかなか踏ん切りがつかないのもよくわかるわ。自分さえ我慢すればってつい思っちゃうのよね」

「そうなんです。子どもを母子家庭で育てるってことにも抵抗がありましたし。もっと私が我慢したらよかったんですかねえ」

「もう十分我慢したわよ。ほんとに辛い思いをさせてしまって、姉として申し訳ない気持ちでいっぱいよ。これからは啓ちゃんには、何か伝えたいことがあったら私を通すようにって言っておいたから。子どもたちもこれから教育費とかかかるし金銭的に大変だと思うけど、啓ちゃんも私も今すぐには援助できなくて心苦しい。だけど困ったときにはいつでも言ってね。できる限りのことはするから」

「ありがとうございます。お義姉さんのほうこそ、達也くん大学生でお金がかかるんだし、どうぞお気遣いなく。啓介さんとの間に立っていただけるだけで助かります」

「達也のほうはね、奨学金もあるしバイトもしてるし、しっかり自分でやってるみたいよ。子どもは順応性があるし、たくましくやっていくものよ。それより、親のほうが、母子家庭でかわいそうだ、不憫だなんていう考えをいつまでも持ってることのほうが問題。お母さんが前向きにがんばる姿は子どもにも伝わるから。早く三人の生活に慣れて、第二の人生を楽しめるようになるといいわね。応援してるわよ！」

雅代にそう言われて、紀代子は涙が出そうになった。

喫茶店からの帰りに、雅代ともう成人している達也が証人となってくれた離婚届けを提出し、紀代子は晴れ晴れとした気持ちでアパートへと急いだ。

第二章 生まれてこなければよかった

新しい生活といっても、学校が変わるわけではないし、もうこれで怖い父親と一緒に暮らさずにすむと思うと、美紀はすべてがうまくいくような気がした。父は外ではよく見られたいという思いが強く、たまに家族で外出するとまるで仲のよい円満な一家であるかのようにふるまった。だから美紀は家族で外に行くのが大好きだった。まだ亮が小さかった頃は、ドライブに出かけたり、遊園地に行ったり、仕事がうまくいっていたときはハワイに行ったこともあった。それでも家に帰ると、また父は母に難癖をつけるので、美紀は家に帰るのが本当に嫌だった。

　そんなことから逃れてきたこのアパートでは、父に怯えることなく過ごすことができる。母と亮と三人で、今度こそ帰りたくなる家を作っていきたい、そう願っていた。

「雅代おばちゃんに間に入ってもらって、お父さんと正式な離婚が成立したわ。これからは三人家族よ。お母さんはパートの時間を増やしてがんばってお金を稼ぐから、あなたたちも家のことを手伝ってちょうだいね」

母が、少し疲れた顔で、それでもにっこりしながらそう言ったとき、美紀も亮も一番に感じたのは父と離れることができた喜びだった。それから母は事務のパートの時間を増やしていった。以前は母が不在だと父が不機嫌になるので、父が家にいない時間帯にしか仕事に出ないようにしていたため、家事をする時間があった。仕事の時間が増えたことで家事が母の負担になっているのはわかった。最初の頃は、美紀たちに心のこもった家庭料理を食べさせたいと、仕事のない日曜に作り置きして冷凍したり、朝、下ごしらえをしていったりと、精一杯がんばっていた。しかし仕事でくたくたになって帰宅してから料理をするのは大変そうで、だんだんスーパーの残り物の惣菜などを買ってくることも増えてきた。

そんな母の姿を見て、それまで全く手伝いなどしたことのなかった美紀は、見よう見まねで料理や洗濯などをするようになっていった。本当は自分だって朝ギリギリまで寝ていたかったが、仕事に行く準備をしながら洗濯機を回している母に、それ以上仕事を増やしてはいけないと思い、亮を起こして簡単な朝食を用意した。

「ごめんね、美紀がいてくれて本当に助かるよ」と言う母に、

「ううん。美紀はまだ中学生で働けないからこれくらいのことしかできないけど。あ、今日ゴミの日だよね？　学校行くとき出しとくから」と美紀は答えた。

　美紀はテニス部に入っていて、ほぼ毎日部活で帰宅は夜七時近くになった。亮は火曜と金曜はサッカークラブの練習があって美紀と同じくらいの時間になるのだが、それ以外は帰宅後、公園や友達の家などで遊んだ後、美紀か母が帰ってくるまで一人で留守番をしていた。たいていお菓子を食べながらゲームをしたりテレビを見たりして過ごしていた。父と別れてからというもの、亮が一番のびのびとリラックスして生活しているようだった。

　母の帰宅は早いと六時、残業があると七時とか八時になることもあった。母が遅いときは、美紀が夕飯の支度をする。学校で疲れていても、亮に宿題をさせながらお風呂を沸かし、ごはんを炊く。そうこうするうちに母が出来合いのお惣菜を買って帰り夕食と

なる。この簡素な夕食を囲むときが、唯一母にいろいろ話せる時間だった。父がいたときのように、怯えながら食べなくていい食事は、それだけで解放感があった。弟の亮は、サッカークラブでいかに自分がコーチに期待されているかを得意気に話し、美紀はユニークな社会の先生の話をしたりして、三人の貴重な「一家団らん」だった。

週末は部活。部活のない日は前は家にいるのが嫌で友達と遊びに出かけたりしていたが、母が懸命に働いてくれたお金をそんなことで使ってはいけないと思い、遊びの誘いも断るようになった。学校の友達は塾に通っていたが、自分も行きたいとは言えずに、週末は学校の勉強をしたり、家事をして過ごした。自分と亮を育てるために朝から晩まで働く母を見ていると、自分がしっかりしないといけないと思った。チャラチャラと他の子のように遊んでいるわけにはいかないのだ。

美紀は精一杯がんばっていた。本当は友達とファストフード店でおしゃべりしたり、映画に行ったり、プリクラを撮ったりしたかった。だけど、あの父からやっと逃れられたのだ。もう父が、大好きな母を殴るところを見なくてすむのだというだけで、今の生活に感謝しないといけない。

親子三人の生活は生活保護の住宅扶助と紀代子のパート収入に頼っていたが、亮のサッカー、美紀のテニス関連の費用もかさみ、金銭的に余裕があるわけではない。食べるものにも困るということはなかったが、外食など贅沢はできなかった。紀代子は週に三回、近くにある弁当屋でも働くことにした。時給のよい夜の時間帯に三時間ほどだったが、事務の仕事と重なる日は一度帰宅して慌ただしく食事をしたらまた出かけることになる。土曜日や日曜日は、平日できない亮のサッカーのお当番や試合応援があり、ゆっくり家で休むことができない。美紀は母がだんだんやつれていくような気がして心配だった。

さらに忙しくなった母とは、ますますゆっくり話す時間もなくなってきていた。美紀は中学生ながら家のことをもっとやるようになり、亮の宿題も見てやっていた。学校の勉強や部活もあるなかで、それなりに大変だったのだが「私がやらないと」と自分を追い込み、スーパーで安い食材を買って料理をしたり、勉強の合間に洗濯をしたり、少しでも母を楽にさせたいとがんばった。

そんなある日、仕事の掛け持ちで睡眠時間も削っていた母が、風邪をこじらせて熱を出した。

「お母さん、いつも無理して仕事するから。疲れがたまってるんだよ。今日はゆっくり休んでね。コンロにおかゆ作ったの置いてあるから」

そう言って学校に行こうとする美紀に、

「若い頃はもっと体力あったのにねえ。もう年だねえ」と弱々しく返事をする母だった。

「雅代おばちゃんにメールしといたから。時間あったら寄ってくれるかも」

「雅代おばちゃんも仕事があって忙しいんだから、余計なことしなくていいのに」

「だって心配なんだもん。ほんとは今日学校休もうと思ったのにお母さんがだめって言うから。じゃあ行ってきます」

学校に行っても、美紀は母のことが心配で頭から離れなかった。クラスの女の子たちは、今度の週末に行く遊園地の話題で盛り上がっていた。以前は同じような話題で楽しく話ができたのだが、今はほとんど友達と遊びに行かないせいか、そういった話の輪には入らず、一人で窓の外を見ていることが多くなった。友達も、いつも断る美紀をもう遊びに誘うようなことはしなくなり、なんとなく孤立していった。

その日は部活を休み、いつもより早く帰宅した。

「ただいま」

家に帰ると、雅代おばちゃんが来ていた。

「しーっ。今眠ったから静かに。さっき亮ちゃんが帰ってきてサッカーに行くって出て行ったわ。あなたたちの晩ごはん用に、カレー作っておいたからね」

雅代が紀代子の寝ている部屋の間仕切りを閉めて、キッチンの食卓のイスに座った。

「雅代おばちゃん、ありがとう。仕事もあるのに」

美紀も鞄を置いてイスに腰掛けた。

「今日はたまたま代休で家にいたから大丈夫。お母さん、熱はかなり下がって微熱だから。美紀ちゃんしばらく見ないうちに、すっかりお姉さんになったわねえ。お母さん、美紀ちゃんがよくやってくれてるってほめてたわよ」

「私なんて、まだお金を稼ぐこともできないし。お母さんばっかり苦労して働かせて……。こんなふうになるまで私たちのためにがんばって。私なんて料理も掃除もお母さんみたいにうまくはできないし。なんの役にも立ってないよ」

美紀は久しぶりに、家の事情がわかる相手に会えて、思わず心のなかで思っていたことを言ってみた。

「ほんとにごめんなさいね。子どもにそんな思いをさせてしまって。あなたのお父さんも子どもの頃は優しい子だったんだけどねえ。仕事で一度いい目を見てしまったがゆえに、うまくいかなくなったときに対応ができなかったのね。あなたたちには辛い思いをさせてしまって、姉として、おばちゃん謝るしかないわ」

「そんな、雅代おばちゃんが悪いわけじゃないし。それにお父さんのことはいい思い出だってあるし。ハワイに行ったこととか。亮は小さかったから覚えてないかもだけど。おばちゃん、お父さんとは会ってるの？」

「まあ、たまにね。啓介、すっかり元気をなくしてる。いなくなって初めて家族の大切さがわかったんじゃないかい？　しばらく反省させておけばいいわよ」

「そっか。そんな話聞くと、ちょっとかわいそうな気にもなるなあ。お父さんだって幸せになりたいと思ってお母さんと結婚したんだろうし。そういえば、雅代おばちゃん、お母さんはどうしてお父さんと結婚したの？　今日授業で自分の生い立ちについて調べるっていうのやってて」

「え？　ああ、そうねえ。確かお友達の紹介だとかって聞いたような気がするわ。あなたのお母さんはエステサロンで働いていてね、とてもおしゃれできれいだったのよ。啓介も仕事が軌道に乗ってきたところで、外車乗り回して結構派手な生活をしていたのよ、当時。啓介と紀代子さんは『できちゃった婚』でね、ああ、今は『授かり婚』って言うんだってね。できるだけお腹が目立たないうちにって急いで式を挙げたのを覚えてるわ」

何気なく雅代が言った「できちゃった婚」という言葉に美紀は反応した。

「ふーん、そっかあ。美紀がお母さんのお腹にできちゃったから、結婚しないとしょうがなくなったってことなんだね」

美紀が少し自嘲気味に、それでも平静を装って言うと、雅代が慌てて、

「いやいや、そういうことじゃないでしょ。みんな結婚するときは幸せな家庭を作ろうと思ってするものなんだから、『しょうがなく』なんてことはないのよ。ああ、おばさん余計なこと言っちゃったわね。ごめんね」

雅代が慌てて謝った。しばらくして、雅代が帰った後、美紀はのろのろと制服を着替え、いつものように風呂を洗い、夕食の支度にとりかかった。雅代のおかげでカレーはできていたので、ごはんを炊いてサラダを用意すればいいだけだった。準備をする間も、〈美紀のせいだったんだ。美紀がお母さんのお腹にできちゃったから、あのお父さんと結婚しなくちゃいけなくなったんだ。今こんな生活してるのも、もとはといえば、美紀のせいじゃん。美紀さえお母さんのお腹にいなかったら、お母さんもこんなに苦労することなかったんじゃん〉という考えが頭から離れない。

その日、紀代子は夜起きてくることはなく、朝、美紀が目を覚ますと、身支度を整えて朝食を作っていた。

「お母さん、もう大丈夫なの？」

「ええ、よく寝たから熱も下がったし、今日は仕事に行くわよ。美紀の遠征費用、稼がなくちゃね」

まだ少しやつれているようにも見えたが、紀代子はにっこり笑ってそう言った。

「よかったー！　お母さんの具合が心配でボク、寝られなかったんだよ」

亮が調子のいいことを言う。〈ぐっすり寝てたくせに〉と美紀は心のなかで思った。

授業中も、美紀はこれまでのことを振り返って考えていた。父から言われた嫌な言葉の数々、母への暴力、弟への威圧的な態度。怖かった。毎日父親を刺激しないように気を遣いながら暮らしてた。それもこれも、全部自分がお腹に「できちゃった」せいだったのだ。自分なんて生まれてこなければよかったのだ。そしたら、お母さんももっと早くにお父さんの悪いところに気がついて結婚なんかしなかったかもしれない。自分さえいなければ……。

そんなふうに考えていくと、学校に行って授業を受けていることも虚しく、意味のないことに思えてきてしょうがなかった。その日の部活は、雨で校庭が使えないためにミーティングということだった。美紀は休むつもりだったのだが「全員参加」ということでしぶしぶ参加した。

ミーティングで発表されたのは、次の試合に向けたレギュラーの名前だった。そこに美紀の名前はなかった。いつも次こそはとがんばって練習していたつもりだったのだが、運動神経に優れた強者ぞろいのテニス部では、美紀はもともと目立たない存在だった。

顧問の「今回名前のなかった者も、次に向けて練習がんばるんだぞ」といったいつものお決まりの言葉を上の空で聞きながら、〈もういいや〉とテニスへの情熱も急速になくなっていくのを感じた。三人暮らしを始めてから、やりたいことも我慢してかなり無理してがんばってきた分、雅代の一言をきっかけに、プッツリと何かが切れてしまった気がした。

次の日、美紀は学校を休んだ。

「あら？　ちょっと微熱があるわね。お母さんの風邪をうつしちゃったかしら。学校には電話しておくから今日は安静に寝ていなさい」

そう言って、母親と弟が慌ただしく出て行った後、美紀はむっくりと起きて、朝食をとると洗濯をして掃除機をかけた。ほんとは何もする気が起こらなかったのだが、せめて家事くらいしないと申し訳ない気がしたのだった。少しのどが痛かったし、確かに微熱もあったのだが、ずっと寝ていないといけないほど重症だったわけではない。ふだん学校に行っているときは、家事をする時間が欲しいと思ったものだが、実際一日家にいたって、狭いアパートで家事に費やす時間などしれたものだった。あとは昔のドラマの再放送をテレビで見たり、昼寝をしたりするうちに亮が帰宅。宿題を見てやり、夕飯の支度をしたりして過ごした。

それから一週間、美紀は学校に行かなかった。熱はもうなく、風邪もよくなっていたのだが、どうしても学校に行く気がしなかったのだ。さすがに紀代子も心配になって、

「美紀、どうしたの？　学校でなんかあった？　休んでると勉強も遅れるしますます行きづらくなるわよ。今日は一時間だけでも行ったらどうなの？」と尋ねたのだが、

「まだのど痛いし、身体もだるいから休む。お母さん、学校に電話しといてね」と言うだけだった。

美紀自身も中学は義務教育なんだし、行かないといけないという気持ちはあった。だけど、お金のかかる付き合いはしないので友達とも話は合わないし、部活も行きたくない。自分が今生きていることすら間違いだったというのに、楽しくもない学校に行く意味が見出せないでいた。その日の夜、母が美紀に封筒を渡した。

「これ、今度のテニスの遠征費用。来月の連休のとき、泊まりがけで行くって言ってたよね」

「ああ、それ。もういらない。部活辞(や)めるから」

「えっ、どうして？　あんなにがんばってたのに」

「別に。どうせレギュラーにもなれないし。試合で大声出して応援(おうえん)するためにお金出してもらうのも申し訳ないし」

美紀(みき)が気(け)だるそうに答えた。

「そんな。お母さん、美紀がテニスがんばってるの見るの好きなんだけどな。お金だってそれくらい、気にしなくて大丈夫(だいじょうぶ)なのよ。亮(りょう)のサッカーと美紀のテニスのお金だけはお母さんなんとしても出したいのよ。他の習い事はさせてやれないんだから。お金のことだったら本当に気にしなくていいんだから」

「もう、うるさいなあ。お金のことはたいした問題じゃないよ。もうやる気がなくなっちゃったの。いくらがんばったって、他の子もがんばってるんだから勝てないよ。しょうがないじゃん。テニスやって疲(つか)れて帰って家事するのも大変だし」

「そっか。そうよね。ごめん。お母さん、美紀に甘(あま)えてたね。勉強して部活して疲(つか)れて帰ってくるんだもん。家のことはお母さんがなんとかするから。美紀はもうしなくていいよ。だから辞めるなんて言わないで」

「もう決めたことなの。昨日先生から電話きたときにも伝えたの。お母さんは関係ないんだから。もう部活の話はしないで」

　母が差し出したままの封筒を手にして、悲しそうな顔をしているのが視界に入り、美紀はいたたまれない気持ちになった。そのとき、亮がお風呂から上がってきた。

「あれー、姉ちゃんそのお金いらないんならボクにちょーだい！」

　母の手から封筒をとった亮に、

「何に使うのよ？」と美紀が聞いた。

「サッカーのシューズ。この前買ってもらったのよりもっとかっこいいの、シュンがはいててさー、欲しくなっちゃったんだもん」

　屈託なく言い放った亮のことが、なんだか無性に腹立たしく思えた美紀は、

「もうっ、亮のバカっ！　なんにもわかってないんだからっ！」

と封筒を取り返して母に渡すと、風呂場に入ってバタンと戸をしめた。

〈新しいシューズがあるのに、もっといいのが欲しいだなんて。亮ったら全くうちの経

済状況をわかってないんだから。どこまで能天気なんだろう。お母さんがあんなに無理して仕事かけもちして働いているの見てるくせに〉

湯船につかりながら、そんなことをぼんやりと考えていた。すると、シャンプーのボトルの横にカミソリが置いてあるのが目に入った。おそらく母が、むだ毛処理に使ってそのまましまい忘れたのだろう。なんとなく手にとり、左手の手首に刃をあてて軽くすべらせた。

「いたっ」

思わず小さな声が出た。浅い傷口からうっすらと血がにじんでいる。

〈これは罰だ。お母さんのお腹にできちゃった自分への罰。私さえいなければ、あのお父さんと結婚することもなく、今頃はもっとお母さんも楽しい人生を送っていたかもしれないのに。この痛みは、学校に行けなくて、部活も辞めちゃって、お母さんを悲しませた自分への罰〉

週末をはさんだ月曜日、あまり気は進まなかったが美紀は学校へ行った。朝、美紀が制服を着た姿を見て、母はとても安心した表情を浮かべた。母のために、学校へ行かなくちゃいけないと美紀は思った。

ところが一週間休むと、宿題となっていた古文の暗記や英語のスピーチ原稿もできておらず、いない間に進んだ授業についていくのは大変だった。さらに、どうせ自分は中学を出たら働くんだから、勉強なんてしてもしょうがないと思うと、わからない授業にも身が入らず、ただなんとなく先生の話を聞いているしかなかった。休み時間になると、担任の宮原先生に呼び出された。

「風邪はもう大丈夫なのか？　お母さんもずいぶん心配されてたぞ。ご家庭の事情についてはお母さんから聞いている。いろいろ大変だとは思うけど、まずは学校に来て勉強をがんばることだ。先生もできるだけ力になるから、なんでも言ってくれよな」

「はい」

「一週間ぶりの学校はどうだった？」

「ちょっと授業でわからないことがあって。辛かったです。でも大丈夫です」

「そうか。わからないところは、それぞれの教科の先生に聞くといいぞ」

宮原先生は保健体育の先生で、がっしりした体格をしていた。ふだんは朗らかな先生なのだが、怒ると大きな声を出し、美紀は父親のことを思い出してしまうので少し苦手だった。部活の顧問にも「家庭の事情で退部します」と自分の口から伝えた。部活にいくテニス部の子たちに会わないように、遠回りになる門から出て帰宅すると、どっと疲れが押し寄せてきた。

そうしてまた、その週は学校に行けなかった。こんなことではいけない、また母を悲しませてしまう、と手首にカミソリをあてる。そうやって自分に罰を与えることで生きていることを許し、なんとか学校に行く。でも授業についていけず、友達とも話せずに疲れきって帰宅する。そんなふうに一カ月ほど学校に行ったり行けなかったりをくり返したある日の夜。

「美紀ちゃん、これ、どうしたの……?」

キッチンの戸棚に手を伸ばしてグラスをとった美紀の腕をつかんで、母が聞いた。美紀の手首には、うっすらとした細くて赤い線が数本入っていた。

「なんでもない」

心のなかで動揺しながら、静かに美紀が答えた。

「ちょっとそこに座って。亮はあっちに行ってもう寝なさい」

何事かとキッチンにやってきた亮に、母が言った。

「ねえ美紀、お母さん、こっちに来てから仕事忙しくなって、あんまり話聞いてあげる時間もなくて申し訳ないと思ってる。でも、最初の頃はお父さんのいない新しい生活を、みんなでがんばろうねって言ってたじゃない。美紀はほんと、家のこといろいろやってくれて、お母さん、すっごく助かった。でも最近は学校も休みがちだし、元気はないし。それにこの傷。一体どうしちゃったの？　お母さん、悪いところがあれば直すから。言いたいことがあれば言ってほしいのよ」

頭ごなしに怒鳴られていたら、美紀もキレて言い返したかもしれない。でも、母が抑えたトーンで、とても悲しい様子で話すので美紀も切なくなった。

「お母さんは少しも悪くないから。悪いのは美紀だから」

「どういうこと？　美紀こそなんにも悪くないわよ。こっちに来てから亮のこともよく見てくれてるし、お料理も覚えて、買い物や洗濯までしてくれて。遊びたい盛りなのに。わがままも言わずにとてもよくやってくれてるじゃない。お母さんどれだけ感謝してるか」

「そんなこと、お母さんがやってくれてきたことに比べたらどうってことない」

「じゃあなんで美紀が悪いと思ってるの？」

「これまでのこと全部。お父さんのことも。お母さん、美紀を妊娠したからお父さんと結婚したんでしょ？」

「え、誰がそんなこと……」

「雅代おばちゃん。この前お母さんが熱出したとき来てくれて、そんとき聞いた。美紀がいなかったら、お父さんと結婚することもなかったし、叩かれたり殴られたりすることもなかったんじゃん」

父の暴力を思い出して、美紀の目から涙がこぼれた。

「そんな、そんなふうに思っていたの？　それは違うのよ。雅代おばさんがどんなふうに言ったのかは知らないけど、お父さんとお母さんは結婚しようって決めてたの。お父さん、当時は独立して始めた不動産の仕事が波に乗ってて、とても素敵に見えたの。一緒に幸せな家庭が築けると思ったし。結婚を決めて、お互いの親に挨拶に行こうとしたときにあなたがお腹にいることがわかったのよ。だからあなたがお腹にいようがいまいが、結婚はしてた」

「そうなの？　だけど美紀がもっと後にできたなら、お母さんも結婚を考え直してたんじゃない？」

「それはないわね。お父さんがあんなふうになったのは仕事がうまくいかなくなってからだし、結婚して何年かは、あまり家にいなかったせいもあるけど、お母さんに手をあげるようなことはなかった。それにね、お母さん、お父さんと結婚したこと、ちっとも後悔なんてしてないのよ。だって美紀と亮っていうすばらしい子どもたちに出会えたんだもの。それだけでお父さんと結婚して本当によかったって思うの」

「ふーん。そうなんだ。美紀は、自分のせいでお母さんも亮も嫌な思いをすることになって、自分なんて生まれてこなければよかったのに、ってずっと思ってた」

「そんなことは絶対にないから。お父さんだって美紀が生まれたときどんなに喜んでいたか。ここ何年かは、あんまりお父さんのいい思い出はないかもしれないけど。あなたはみんなに祝福されて生まれてきたのよ。なのに、そんなふうに思わせてしまっていたなんて。お母さん母親失格だわね。ごめんね」

「お母さんが謝らないでよ。ますます自分が嫌になるから」

「美紀はお母さんの大事な宝物なんだから、そんな自分を嫌いになんてならないで。それで学校にも行きたくなくなったってことなの？」

「それは最初はあったけど。うーん。なんかちょっと休むと勉強が先いっててわかんなくって。他の子たちは塾とかで先のことやってるから休んだってついていけるんだろうけど。勉強がわかんないのに授業聞いてるのも意味ないしさ」

「うーん、それは困るわねえ。来年は受験もあるのに。なんとかしないと」

「えー、美紀、高校行かないよ。中学出たら働いてお母さんを助けるもん。だからあんま勉強したって意味ないんだ」

「えっ？　気持ちはありがたいけど、実際高校くらい卒業しておかないと、将来やりたい仕事につけないわよ。お願いだから高校だけはどこでもいいから行ってちょうだい」

紀代子が驚いて言った。

「別にやりたい仕事とかないし。三年間もまた無駄な勉強するくらいなら、さっさと働いてお金もらったほうがいいじゃん」

「美紀……。まあいいわ。この話はまた別の日にしましょう」

この日本で、条件よく働こうとすれば、中卒では不利になることが多い。紀代子は、美紀の将来を考えるとなんとしてでも高校には行ってほしいと願ってはいたが、中学にも行けない状態の今、まずは登校できるようにすることが先だと思った。

美紀のほうは、自分の思いを母にぶつけ、母からの話を聞いて少し心が軽くなったように感じた。

それでもまだ、美紀は学校には行けなかった。

第二章　にじいろ広場

「実は先日、娘の手首に傷があるのを見つけまして。私もう、ショックでショックで」

紀代子は事務の仕事を終えた後、中学校に行って、担任の宮原先生に美紀のことを相談していた。

「えっ、そうなんですか。それはびっくりされたでしょう」

宮原も驚いたように言った。

「はい。そんなに苦しんでいたのかと思うと、私も母親としてどうしたものかと思って。とりあえず、『やめなさい』と怒るのも逆効果な気がしたので、娘の気持ちを聞いて。あの、私と美紀の父親とのこととかで、自分を責めていたようだったので、そこはそうではないと伝えたんですが」

「そうでしたか。自分の身体を傷つけてしまうというのは、いけないとわかっていてもやってしまうことのようですし。美紀さんには、学校に来ることで生活のリズムを整えて、前向きに過ごしてほしいと願ってはいるのですが。やはり、なかなか学校に来るのが苦痛のようですか？」

「そうみたいです。部活も辞めてしまい、お友達と話が合わなくなったというのもあると思うのですが、しばらく休んだことで授業についていけなくなったっていうのも、理由として大きいようなんです。なんのために勉強するのか、その意味がわからないとか言ってました」

「そうですよね。遅れた分はそれぞれの教科の先生が個別に教えてあげられるといいのですが、なかなかまとまった時間をとってというのが難しいもので。申し訳ないです。そうそう、お母さん、こんなのあるの、ご存知ですか？」

　宮原が一枚のチラシを見せた。

「にじいろ広場〈夜を一緒にすごそう会〉。大学生のお兄さんやお姉さんが、一緒にごはんを食べたり、遊んだり、勉強を見てくれたりするよ！」と書いてある。場所は家から自転車で一〇分ほどのところのようだ。

「民間のNPO団体がやっているんですけどね。小学生の学童のように大勢の子どもを預かって、というのではなくて、その日預かるのは一人だけ。夕方五時から九時までいろんな事情で夜一人で家にいる子と一緒に食事をしたり勉強したりするようです。去年、やはり学校に来られなかった男子生徒が利用していましてね。その子はまた学校に来られるようになり、無事に卒業して高校に入学しましたよ。一度話を聞いてみるのもいいかもしれませんよ」

「はあ。娘に聞いてみます」

そう言って、紀代子はチラシを持ち帰った。

美紀は学校には行かなくても、毎日家のことはやってくれていた。生鮮食品が割引になる時間を見計らってスーパーに行き、家にいる時間が長い分、安い材料でも凝った料理を作ってくれていた。その日は半額のイワシをたたいて作ったイワシのハンバーグだった。インターネットの料理サイトを見て学んだようだ。学校に行かない期間が長くなるのと比例して、みるみる上達する美紀の料理の腕に、紀代子は複雑な思いがした。

「今日、宮原（みやはら）先生とお話をしたんだけど。そこでこんなのもらったわよ。行ってみる？」

「ふーん。何それ？　なんかめんどくさそう」

　学校に行かなくちゃ、という思いはあるものの、でも行きたくないという気持ちが強くて揺（ゆ）れ動（うご）きながらも、それなりに家事をして家にいる生活に慣れてきた美紀には、ちょっと気の重い話だった。

「あら、そう？　勉強も見てくれるみたいだし、お母さんはいいんじゃないかと思うけど。土曜日は仕事お休みだし、ちょっと行って話だけでも聞いてみましょうよ」

「えー、土曜日はテレビでテニスの試合見たいし、お母さん行ってきてよ」

　つれない返事にがっくりしたが、とにかく現在の状況をなんとかしたいという一心で、紀代子だけ行って話を聞いてみることにした。

「こんにちは。あの、お電話した藤田（ふじた）ですが」

紀代子が訪ねた場所は、古びた一軒家（いっけんや）だった。ドアの前には木の看板があり虹（にじ）の絵とともに「にじいろ広場」と書かれてあった。

「ようこそいらっしゃいました。どうぞこちらへ」

出迎えてくれたのは、まだ二〇代半ばと思われる若いメガネをかけた女性だった。

紀代子が通されたのは、長方形の座卓が二つ置いてある部屋で、隣のキッチンから先ほどの女性がお茶を持ってきた。山田恵理と名乗ったその女性は、一通り、にじいろ広場の活動について話をした。

にじいろ広場は、いわば民間の学童や児童館のようなもので、平日は乳幼児連れの母親たちのサークルの場として、その一軒家を開放している。週末や長期休みには、小中学生向けに料理やお菓子づくり、紙芝居、伝承遊び、かるた大会などなど、季節に応じたイベントを行っており、夏休みにはキャンプに行ったり、泊まりがけのイベントもある。さまざまな家庭の事情で、週末も家で一人だったり、寂しい思いをしている子どもたちのための居場所づくりの活動を行っている。紀代子が持っていたチラシにあるのは、そんななかでも、特に小学校高学年から中学生向けのもので、大学生とともに夜を過ごすという活動だった。

「活動を支えているのは、大学生のボランティアです。将来先生になりたいとか、児童福祉の現場で働きたいという学生さんが多いんですよ。夜、親御さんが仕事でいなくて、きょうだいだけで家にいる子どもたちに、少しでも家庭的な居場所を提供したくて始めました。上のお子さんですと、下の弟や妹の面倒を見たり、なかなか自分を出せる場所がないんじゃないかと思いましてね」

〈えり〉とひらがなで書かれた名前フォルダーを胸につけたそのスタッフが言った。

「あの、私、中学の先生からチラシをもらいまして。いろいろ事情があって中二の娘、美紀が学校に行けなくなってしまい。スーパーに買い物に行ったり弟の面倒を見たりと、家のことはしてくれるんですが。ちょっと勉強の遅れも気になりますし」

紀代子は家のことについて、夫との離婚、部活を辞めたこと、風邪で休んだことをきっかけに学校に行けなくなったことなどを話した。自分は仕事を二つかけもちしており、夜も出ないといけない日があるということも。ただ、リストカットのことは、なんとなく言わずにいた。

「環境が変わってお子さんも戸惑っているのでしょうね。でも、子どもたちってすっごい力があるんですよ。生き抜く力というか。本来持っているその力を引き出すお手伝いができればと思っています。もしよかったら、美紀ちゃんに来てもらうことはできますか？　お母さんや先生、同い年の友達とはうまくいかないお子さんでも、少しだけ上の大学生のお兄さんお姉さんとなら話しやすい、というお子さんも結構いるんですよ」

恵理がにっこりと微笑みながら言った。

「あの、おいくらほどするのでしょうか？　お恥ずかしい話ですがそれほど余裕があるわけでもないので。それで塾にも通わせてやれなくて」

「この事業については、〈子どもの貧困対策〉ということで助成金をいただいているので、利用者の方にそれほど多くをご負担いただくことはありません。ただ、無料でというのもどうかということで、それぞれのご事情に応じて金額を決めさせていただいています。一七時から二一時までなのですが、毎回夕食を、作るかお弁当で一緒にとるようにしています。その夕食代ということで五〇〇円ではいかがでしょうか？」

「四時間もお世話になって勉強も見ていただけて、その金額でよろしいのでしょうか」

紀代子がおずおずと答えた。

「大丈夫ですよ。まずは美紀さんに来てもらうことができれば、の話ですけど。先ほど、勉強の遅れが気になるとおっしゃっていたので、〈塾のようなもの〉と言って誘うのはどうでしょう」

「そうですね、そう言ってみます。高校には行かないと言っていますが、あの子の将来を考えると高校だけは行っておいたほうが絶対いいと思いますし。こちらでもそのように言っていただけるとありがたいです」

「ここでは、あまり『こうしたほうがいい』ってことは言わないようにしているんですよ。子どもたち自身からそう思わないと意味がないですから。でも気持ちが安定してくると、目先のことだけでなくもう少し先のことも考えられるようになるお子さんもいます」と恵理が言った。

「そうなんですか。とにかくなんとか一度来させるようにします」

そう言って、紀代子はにじいろ広場を後にした。どんなところなのか最初不安に感じていたが、恵理と美紀のことについて話をすることで、自分自身の心のなかでも、さまざまな問題が整理されたような気分になり、すっきりした気持ちだった。とにかくどんどん内向的になっていく美紀をなんとかして連れ出して、外の人と触れ合わせたい。大学生くらいのお姉さんと話すことで、何か前向きになるヒントでもつかんでもらいたい、そんなふうに考えていた。

帰宅すると、亮はサッカーの練習に行き、美紀が一人でテレビを見ていた。紀代子はにじいろ広場の話をした。大学生のお姉さんと一緒にごはんを食べたり、勉強を見てもらったりすることができ、その時間は他の子が来ることはないということ、紀代子が弁当屋の仕事がない火曜なら、夕食作りは紀代子ができるので美紀が夜いなくても大丈夫なこと、話をした恵理さんがとても感じがよかったことなどを伝えた。

「えー、でも五時から九時までもの長い間、勉強ばっかすんのも嫌だなあ。ごはん食べるのは別にいいけどさあ」

なんだかんだと理由をつけては行かない方向へ持っていこうとする美紀に、紀代子が言った。

「ずっと勉強してなくていいのよ。何やっててもいいんだって。そういえば、美紀が読みたがってたテニスのマンガ、全巻そろってたわよ。それを読みに行くっていうのでもいいんじゃないい？　一回行って嫌(いや)だったらもう行かなくていいんだし」

この一言はかなり美紀の心を揺(ゆ)さぶった。

「え、マンガ読みに行ってもいいの？　ふーん、じゃあ一回だけ行ってみよっかな」

そうして次の火曜日、美紀はにじいろ広場に行ってみた。場所は前の日に母と一緒(いっしょ)に自転車で確認していた。

「こんにちは、美紀ちゃん。りんだよ」

玄関に入ると「りん」と名札をつけたショートカットの女の人が出迎(でむか)えてくれた。すぐ左手にある「事務所」として使われているような部屋からは「えり」と名札をつけた人も顔を出してきて挨拶(あいさつ)してくれた。

「美紀ちゃん、よく来てくれたね。スタッフの恵理です。ここは第二の家だと思って好きなように過ごしていいからね」

相手に警戒心(けいかいしん)を抱(いだ)かせない、柔(やわ)らかい口調で言うと、また事務所のほうに戻った。

「どうも」

軽く頭を下げる美紀。目線は奥の本棚(ほんだな)にあったテニスのマンガに一直線だった。

「ハハハ、お母さんから聞いた！　あのシリーズ、読みたいんだってね。読んでもいいよ。ここではね、美紀ちゃんが好きなことをして過ごしていいんだよ。約束事はただ一つ、一緒に晩ごはんを食べること。わかった？」

「はい」

そう言うと、すーっと本棚のほうに行き、大勢の子どもたちが座ってさんざん形の崩れたソファに座り4巻を取り出して読み始めた。

「4巻からなの？」

「3巻まではテニス部の友達に借りて読んだから」

「そっか、テニス部なんだー。じゃあ私も1巻から読んでみようかな。実はまだ読んでないんだー」

りんはそう言って、美紀の隣に座って一緒に読み出した。一時間ほどそうしてマンガを読んでいたら、「はなよ」と名札をつけた別の大学生が二階から下りてきた。

「あら、今日からの美紀ちゃんだね。こんばんは！」

美紀はちらっとそちらに顔を向けて軽く頭を下げた。

「はなよちゃん、いたんだー、知らなかった」

「うん。上でレポート書いてた。来週提出なんだ。ところで、今日は晩ごはんどうする？『山にい』も後から来るって言ってたけど」

「そっか、そうだね。どうしよっかー」

そう言いながらキッチンで食材をチェックしたりんが、「美紀ちゃん、晩ごはん、今から買い物行ってなんか作る？」と聞いた。

「めんどくさいから嫌だ」とボソッと答えた。毎日のように家で食事を作ってるので、たまには休みたかった。

「じゃあ、今晩は、いつもお安くしてくれる『サンサン弁当』だね！　恵理さーん、サンサン弁当注文しますけどいりますー？」とりんが大声で呼ぶと、「よろしく！」と返事が聞こえた。手慣れた様子でりんがサンサン弁当に五つ分注文の電話をした。それを見届けると、はなよは二階に戻っていった。

「これ、ハマるね。ヨシジとアッコの恋の行方もめっちゃ気になるー。この後どうなるの？　ヨシジがコクるの？」

「いやあ、それは読んでからのお楽しみですよ。先に言ったら面白くないじゃないですか」

「けちー、教えてよー。あとレンくんの消えるサーブとかさー。ありえないよね、実際テニス部としてどうなのー？」

「いや、私、もうテニス部辞めたんで。まあでもマンガの世界ですよ、当然」

「だよねー」

そんなふうに、二人はマンガの話で初対面ながらかなり盛り上がった。その後、二人でサンサン弁当まで、弁当をとりに出かけた。道中でもマンガの話をしているうちに、ふと、なぜテニス部を辞めたのかと聞かれたので、美紀が、母子家庭で母が仕事をしているため家事をしなければならなくなったこと、いくらがんばっても試合に出られないことなどをポツリポツリと話した。

「そっか。でもお母さんと一緒に暮らせるだけいいよね。うちも母子家庭だったんだけど、お母さんが病気になっちゃって。五年生のときから私、施設で生活してたんだよ。さあ、着いた！」

「おっ、今日はりんちゃんなんだね。できてるよ、五つ、はいどーぞ。一五〇〇円です。まいどあり！」

店のおじさんが愛想よく弁当を渡してくれた。

「一つ三〇〇円って超安くないっすか？」

帰り道、さっきの「施設で育った」という話にどう反応したらいいのかわからなかった美紀が話題を変える意味を込めて言った。

「安いでしょ。中身もボリューム満点でいつも楽しみなんだー。ここはね、にじいろ広場の活動を応援してくれてて、いつも三〇〇円で作ってくれるの。ただし内容はその日の仕入れや売れ筋状況によって変わるから、こちらで指定できないんだけどね。いつも名札つけっぱなしで行くから名前覚えられちゃったよ。ハハハ」

そんなふうに陽気に笑う姿からは、「施設育ち」ということは想像できなかった。

美紀たちが戻ると、「山にい」が来ていた。「山にい」こと山根はにじいろ広場の代表者でふだんは「社会福祉士」として仕事をしているらしい。小柄でヨレヨレのスーツを着ている。つねに顔が笑っていて穏やかな感じだった。

「美紀ちゃんだっけ？　はじめましてだねー」とニコニコと言われると、「大人の男」というだけでビクッとしてしまう美紀も、つい警戒心を解いてしまい軽く頭を下げた。

その日は、美紀、りん、はなよ、恵理、山にいの五人で弁当を食べた。中身は、いろんなものが入っていて、確かにボリューム満点だった。

「やっぱみんなで食べるとおいしいね」とりんが言うと、

「何言ってんの。りんはみんなと一緒でないとごはんが食べられないんでしょ」

恵理さんが笑いながら言った。

「そうそう。りんちゃん、わざわざ人とごはん食べるために火曜と金曜はここに来て、他の曜日は居酒屋のバイト入れて、そこでバイト仲間とまかないごはん食べてるんだよね」とはなよが続けた。

「だってー、施設ではいつも大勢でごはん食べてたし、一人でごはんなんて食べられないんだもん。いいじゃん、別に」とりんがすねた様子で笑いながら言った。

「美紀ちゃんは、弟さんがいるんだよね、確か。じゃあ、あんまり一人でごはん食べることはないんだろうね」と、山にいが聞いた。

「はい、まあ。でも弟はいつもうるさいし、むしろ一人で食べたい感じ、です」と家の食事風景を思い出しながら美紀が答えた。「ねえねえ、お母さんっ」っていつも母親にくだらないことを話している弟の亮、母も疲れてるんだけどついつい笑っている。でも、りんさんはそんなふうにお母さんとごはんを食べることも、あまりなかったのか、と思った。

食事の後は、恵理さんと山にいは事務所で何か打ち合わせをしていて、はなよ、りん、美紀の三人は、トランプをして過ごした。

帰宅すると、なんだか少し明るい気持ちになって、母にどんなことをしたのかを話した。「サンサン弁当」のおじさんが三〇〇円でボリュームたっぷりのお弁当を用意してくれたこと、山にいがいつも笑顔なこと、そしてりんさんが施設で育ったために一人でごはんが食べられないことなどなど。

紀代子は、こんなに饒舌に話してくれる美紀を久しぶりに見た。人と触れ合うことで感じるものがあったのだろう。こうやって少しずつ、外に向かう意欲を取り戻してくれればと願った。

次の火曜日も、美紀(みき)はにじいろ広場に出かけた。その日は、ごはんを作ろうということになり、りんと二人でスーパーに買い出しに行った。りんはあまり料理が得意ではないらしく、「豚肉のしょうが焼き」と「ポテトサラダ」と言っても、材料がピンと来てないようでほとんど美紀の言いなりだった。料理をする段になっても、りんの手元は初めて包丁を持つ小学生並みで、美紀の手際(てぎわ)のよさをすごいすごい、とひたすらほめていた。りんのいた施設(しせつ)では食事はすべて、資格を持った調理師さんが作ってくれ、りん自身たいして興味もなかったために、ほとんど自分で料理をしたことがないということだった。

「うわあ、美紀ちゃんすっごい上手。ソンケーするわ。よくこんなにチャチャッとできるねえ」

「私だって、親が離婚(りこん)してから始めたのでまだ半年ちょっとくらい。りんさんだって毎日やってればすぐにできるようになると思う」

「そうかなあ。じゃあ、毎週火曜日は美紀ちゃん、私に料理教えてよ。簡単なものから勉強していくから。ね、お願い」

そうやって両手を合わせて頼まれると、美紀は自分が少しは価値のある人になったようで、悪い気はしなかった。

そんなふうに、毎週火曜日の夜、りんに料理を教えたり、一緒にマンガを読んだりゲームをしたりして過ごすうちに、美紀は自分のことや家族のことを少しずつ話すようになった。

ある火曜日、はなよさんと恵理さんも一緒に、食事の後銭湯に行くことにした。リストカットの跡がある左手首は、料理をするときも、いつも少し大きめの腕時計をして隠していたのだが、さすがに風呂となると外さないわけにもいかず、外して入った。湯船につかっているときに、りんさんがボソッと言った。

「美紀ちゃん、手首の傷はね、なかなか治らないんだよ。施設でやっぱりリスカやってた子がいてね。私より五歳年上だった。一八歳で施設出て、二二歳で結婚したんだけど、手首の傷が治らない、どうしてあんなことしちゃったんだろうって、心底後悔してた。まだそのくらいのうちなら、時間が経てばかなり薄くなると思うけど」

「うん……」

りんさんは優しかった。美紀は将来のことなんて何も考えていなかったけれど、もし好きな人ができて、この傷のことを聞かれたらなんて答えればいいのかわからなかった。でも、あのときはこれからも生き続けるためにやった。そうでもしないとどうにかなりそうだった。でも、にじいろ広場に来るようになってからは一度もやってなかった。

はなよさんと恵理さんは、にじいろ広場で週末に行う予定の、クリスマス会について話していた。今年は商店街のお肉屋さんから、チキンレッグを安く売ってもらえることになったので、キッチンのオーブンで焼いて出すことになったようだ。

「お料理上手な美紀ちゃんも手伝ってくれるとうれしいな」

恵理さんが美紀に向かってニッコリ笑ってお願いした。

「あー、はい。わかりました。りんさんよりはお役に立てるかと」

「そりゃあ、りんさん百人分より役立つこと間違いなし！」

はなよさんがそう言って、みんなで笑った。

第四章　新しい夢

にじいろ広場に行くことで、家とは別の居場所ができて美紀はうれしかった。学校には一度行ってみたが、その度にクラスの友達が変に気を遣っているのが煩わしく、また勉強もさっぱりわからなくなっていたため、午前中で帰宅してしまった。この三カ月、ほとんど学校には行けていなかった。

「いいなあ、お姉ちゃんだけ、学校行かなくていいなんて」

弟の亮が夕食のときにうらやましそうに言った。

「うるさいなあ。その代わりに家のことはちゃんとやってるじゃん。亮なんかなんにも手伝わないくせに」

美紀がうんざりして言う。学校には行かなくちゃいけないと思っている分、そのことに触れられたくはなかった。

「お姉ちゃんのことはいいの。ほら、さっさと食べちゃって。片付けたいから」

母の紀代子が言う。母は、前に美紀の手首の傷を見て以来、学校に行くようにとは言わなくなった。

「にじいろ広場ってそんなに楽しいの？　ぼくも行ってみたいな」

にじいろ広場に行った日は、いろんなことを喜んで話す姉を見て、亮が言った。

「あ、そうだ、来る？　日曜日なんだけど。にじいろ広場を利用している子どもたちや親子サークルの人たちを呼んで、ちょっと早いけどクリスマス会をするの。私も料理のお手伝いで行かなきゃなんだけど。そういえば『弟さんもどうぞ』って言われてたんだったわ。あ、お母さんも」

美紀が恵理さんからもらった案内のチラシを持ってきた。

「あら、なんだか楽しそうねえ。恵理さんとは時々電話でお話しているのだけど、代表の山根さんにもご挨拶しとかなきゃだし、お母さんも行こうかな」

「うん、二人でおいでよ。りんさんやはなよさんにも会えるし。スタッフさんたちの出し物もあって、この前、私が帰る頃に他の大学生サポーターさんも来てなんか練習してたよ」

美紀がうれしそうに言った。

美紀は火曜日以外にも、時々にじいろ広場に行くことがあった。家で夕食を作るときにちょっと多めに作って持っていったり、週末の小学生向けのお菓子づくりイベントの手伝いをしたり、おからを使ったクッキーを焼いて差し入れたこともあった。

にじいろ広場には必ず誰かいたし、みんなが美紀の作ったものを、おいしいおいしいと食べてくれるのがうれしかった。安い食材でも、工夫次第で人を喜ばせるものが作れるのがいい。料理に関しては美紀はとても研究熱心で、地域の商店街で見つけた、ただ同然の「見切り品」の野菜や果物を使って、とびきりおいしい保存食やデザートなどを作るのだった。一人暮らしが多いにじいろ広場の大学生サポーターにも「料理上手な美紀ちゃん」は人気者だった。

そんなふうに料理をとっかかりにして、深く関わるようになったにじいろ広場だが、火曜日の夜の活動にも変化が見られていた。これまでの遅れを取り戻そうと、りんたちの力を借りて勉強をするようになったのだ。

父の暴力から逃げて三人で生活するようになり、仕事に追われる母を助けようと、学校も家事も精一杯がんばってきた美紀だった。だけど、極力無駄遣いをしないようにして友達と映画を見たり、外食をしたりといったこともしなくなり、結果的に友達と話が合わなくなってしまった。部活も辞めて、中学を出たら働くつもりにしていたのだが、インターネットで調べると、中卒ではつける職業も限られてくるようだった。そして何より、にじいろ広場で出会う大学生サポーターたちが、みんなやりたいことに向かって勉強したりしているのを見て、いいな、と思ったのが大きかった。美紀がりんさんに、大学を卒業したらどうするのか、と尋ねたことがあった。

「児童養護施設で働きたいと思ってるんだ。ほら、私が施設で育ったって話したじゃん？　施設育ちだなんてかわいそう、って思われてると思うんだけど、すっごくいい先生がいてね。悪いことしたら本気で怒るんだけど、たいていいつもニコニコして『それでいいんだよ』って言ってくれるの。施設に入りたての頃はなかなかなじめなくて、よく一人で泣いてたんだけど、そんなときもただそばにいて、肩を抱いててくれた。私はこの先生に救われた。他人だけど、たくさん愛情をもらった。本当の親でなくても愛情ってもらえるんだね。だからそんな施設の先生になりたいって思ったの。そして親に捨てられたって思ってる子どもたちに、『だから何？　あなたを産んだわけじゃないけどあなたを愛している人がここにいるよ』って、言える先生になりたいんだ」

そんなふうに語るりんさんを見て、美紀は「かっこいい」と思った。そのために必要な資格を得ようと、りんさんは一人暮らしをして奨学金をもらってバイトしながら大学に通っている。

はなよさんは、高校生のときに部活での人間関係のトラブルをきっかけに不登校になった。結局、せっかく入った高校は中退したのだが、その後、高等学校卒業程度認定試験、いわゆる高認に合格して現在の大学を受験、入学した。学校とか友達とか自分とかについていっぱい悩んだから、そんな心のモヤモヤがなんだったのか知りたいと思って、心理学の勉強をしている。ゆくゆくは臨床心理士になって、思春期の子どもたちの心に寄り添う仕事がしたいと思っている。

そんな話を、バカ話や恋バナとかの合間合間に聞くうちに、美紀は、いろんなことを感じた。りんさんもはなよさんも、自分たちの経験を生かそうと前向きにがんばっているんだなと。とりあえず自分も何か一歩ずつでも前に進みたいと考えたときに、頭に浮かんだのが「高校に行く」ということだった。そのためにも、まずは学校に行けるよう、勉強についていかないといけない。この三カ月の遅れを取り戻さないと、と思った。

「私、ちょっと勉強しとこうかな。今度学校行ったとき授業が全くわかんないの嫌だし」

そう言ったら、りんさんが、「そうだね。じゃあ、ちょっとやってみようか」と言って、それまで重くて重くて開けなかった教科書のページを開くのを手伝ってくれた。

それから、少しずつだけど、りんさんに「宿題」を出してもらって、家で自分で教科書を読んでやっておく。火曜日に、わからなかったところや自信のないところをりんさんに教えてもらう。それまで、定期テスト前くらいしか、勉強なんてしなかったのだが、とにかくみんなに追いつかないとと思い、わからないところは飛ばしながら、自分のペースで少しずつ勉強するようになった。りんさんもはなよさんも「勉強したら？」とか、押しつけるようなことは一切言わない。なかなか勉強する気になれなくて、マンガを読んでいるときも、一緒に読むか、他のことをするとかで、決して急かしたりはしなかった。それが、美紀にはとても心地よかった。

クリスマス会が近づいたある火曜日、その日の夜の食卓は準備に来た男子大学生サポーターも来てにぎやかだった。美紀たちが作った鍋料理をみんなで食べながら、大学であった面白い話などをしていたとき、一人がお茶の入ったコップをこぼした。

「あーあ、何やってんのもうー」

そう言って、恵理さんが笑いながら布巾で拭き始めた。美紀は突然父親のことを思い出し、ドキドキしてかたまってしまった。

「どうしたの？　美紀ちゃん」

りんさんにそう言われて、ハッと我に返った。

「あ。なんでもない……」

慌ててその場をとりつくろったが、まだ動悸がおさまらなかった。もう父親とは一緒に暮らしてないのに、どうしても食卓で大きな音がするとビクッとしてしまう。他の人たちが二階に上がり、後片付けをしているときに、もう一度、りんさんに大丈夫かと聞かれた。

「はい。あの、弟がコップ倒したときお父さんが怒って、それでお母さんがかばうとお母さんを叩いたりしてて……」

自分では冷静に話しているつもりだった。だけど、美紀の目からはどんどん涙があふれてきた。

「そっか。辛かったんだね。泣きたいときは、泣いてもいいんだよ」

りんさんにそう言われて、美紀はさらに泣いた。

「怖かったんだね」

りんさんが声をかけながら静かにそばにいてくれた。思いっきり泣くと、少しすっきりした。でも、もう終わったことなのに、思い出すだけでこんなに動揺している自分に、美紀は驚いていた。そういえば、母や弟の前では、あまり涙を見せたことがなかった。

帰り道、途中まで一緒だったりんさんに「なんかにじいろ広場にいると、らく」と言ってみた。

「そっか。いつも家でも学校でも、美紀ちゃんよくがんばってたんだもんね」

「えっ、そうかな。私なんて、ダメダメだよ。学校も行けてないし。全然だよ。生きてる価値なーしって感じだよ」

「何言ってんの、そんなことないよ。おいしいごはん作ってくれてるじゃん。それだけでも生きてる価値おおありだよ。美紀ちゃんはね、すっごくがんばってきたから、学校をちょっとお休みしてるだけ。それでも家のことはちゃんとやっているんだからエライよ。にじいろ広場だって休まず来てるじゃない。エライエライ！」

りんさんにほめられて、美紀はまた胸があつくなり、涙がこぼれそうになった。

「じゃあ、りんさん、日曜日ね！」

分かれ道に来ると、美紀は泣き顔を見られないように、自転車に乗って帰った。

日曜日は朝から大忙しだった。まずは朝早くから家でクッキーを焼き、冷ましている間に出かける準備をして、クッキーを持ってにじいろ広場に向かった。先に来ていた山にいや大学生サポーターたちが飾り付けをしていくなか、美紀は恵理さんたちと前日に下味をつけてあったチキンレッグをオーブンで焼いたり、サラダを作ったりした。料理が下手なりんさんは、バターを塗って具をはさむだけのサンドイッチ担当だ。

だいたい用意ができた一一時半くらいになると、ポツポツと人が集まってきた。美紀も何度か料理のお手伝いで参加したイベントで会った小学生も何人かいた。この日はお母さんと一緒でとてもうれしそうだ。ずっとお母さんの手を握っている。美紀の母親と亮も来た。母は小さめのコロッケを作って持ってきていた。美紀はちょっと照れながら、山にいを紹介して、コロッケをテーブルに置きに行った。

「まあまあ、いつも美紀が大変お世話になっております。こちらに来た後は、いつもいろいろ話してくれるんですよ。学校に行かなくなってから家での会話は減っていたんですけど」

「こちらでも最初のうちはあまり話さなかったんですが、料理とかをきっかけに話すようになりました。料理、上手ですよね。お家でもやってるからって言ってましたが?」

「ほんとは私がやるべきことなんですけど。主人と別れてから仕事をかけもちしてするようになり帰宅が遅くなってしまうので。お腹を空かせた弟を放っておけなかったみたいで。美紀には負担をかけてしまっています」

「いいお子さんですね。お母さん思いで」

「そうなんです。ほんとに。もっとわがまま言ってくれたほうがいいと思うんですけど。すぐに自分のほうを責めてしまう。心の優しい子なんです。あ、すみません、親バカで。部活も辞めて、学校にも行かないで。自分の身体を傷つけるようなことをして……。私が悪いんです。生活優先で娘が弱ってるのに気づいてやれなくて」

「生活を優先されるのはお子さんのことを思ってのことじゃないですか。お母さんもがんばってますよ。すべてお子さんのため。美紀ちゃんもそんなことはよくわかってますよ。お母さん、大丈夫です。間違ってないですよ」

山にいにそう言われて、紀代子は思わず涙が出た。

「……すみません。そんなふうに言われたことがなかったので。主人にもいつも、バカで間違ってばかりだって言われていましたし。自分でもそうなのかなって。離婚だって自己責任なのに税金で手当がもらえるなんて、って職場で陰口言われたり。肩身の狭い思いをしているので」

「自己責任って。それなら生活習慣病の人たちにも同じことを言えばいい。勝手に不摂生をして病院通いして国の医療費を無駄遣いしているじゃないですか。いいんですよ。誰だって離婚すると思って結婚するわけじゃないんですから。お子さんのため思って決断されたことなんですから」

「そうですよね。なんか、ありがとうございます。私まで元気にしていただいて」

「いえいえ。お母さんが元気でないと子どもも元気になれませんからね。お子さんのためにがんばりましょうね」

そう言って山にいは、母親にべったり張り付いている子どものところにいつものように笑いながら近づいていった。

亮は、サッカーの練習試合で一緒になったことのある子がいたようで、その子とその友達とボードゲームをしていた。

「こんにちは、りんです。いつも美紀ちゃんに美味しいものを作ってもらっています」

「ああ、りんさんですね。いつも美紀がお世話になっております。よくりんさんのこと話してくれるんですよ」

「ええ？　何言われてるんだろう。こわいなあ」

「あの、みなさん、大学を出たらやりたいことがあって、そのためにバイトしたりこちらでボランティアしたりしてるって話とか。あとりんさんは料理があまり上手じゃないってこととか」

「えーっ、そんなこと言ってるんですかあ？　まあ、その通りですけどね、ね、美紀ちゃん」

ちょうどやって来た美紀に言った。

「いやあ、りんさんの場合は、上手下手のレベルじゃなくて、全くできないっていう」

「もう、全然フォローになってなーい」

そう言って笑い合う二人を見ながら、紀代子（きよこ）は、〈ここに来させてよかった〉と改めて思った。最初はそれほど人生経験があるわけではなく、専門家でもない大学生ボランティアに何ができるんだろう、と思っていた。それでもなんとかしたくてすすめたわけだが、結果的には「大学生」というお姉さん的な立場の人でよかった。美紀が、とても自然に年相応の子どもらしくふるまっていたから。

その後のクリスマス会はスタッフたちがアイドルの歌を振（ふ）り付きで踊（おど）ったり、クイズ大会があったりでおおいに盛り上がった。みんなが持ち寄った食べ物も、どれもおいしかった。

「お母さん、あのね、自分が作った料理をおいしいおいしい、って食べてもらえるのってうれしいよね。これまであんまりお母さんに言ってなかった気がするけど」

「あら、でも残さずいつも食べてくれるだけでお母さんは十分うれしいわよ」

「うん。それでね、私、いつかプロの料理人になりたい。だから高校も食物科とかあるとこ行こうかなって。おいしいだけじゃなくて、栄養のこととかもちゃんと勉強したいし」

「え、そうなの？　それじゃあそういう高校調べないとね」

紀代子は美紀が高校に行くと言ってくれたことがとてもうれしかった。将来の夢が持てるようになったのもこれまでになかった変化だった。自分の身体を傷つけていた子がそこまで成長してくれたことに感激した。初めてにじいろ広場に来たときに、恵理が言った「子ども本来の生き抜く力を引き出すお手伝い」をまさに実行してくれたことに、ただただ感謝だった。地域の人たちが支えているにじいろ広場に、美紀は支えてもらっている。紀代子だけでは救えなかった美紀の心を、暗闇(くらやみ)から救い出し光のあたるほうへと導いてくれたのだ。

そして翌朝、紀代子をさらに喜ばせることがあった。

「おはよう。今日からまた、学校行ってみようかなと思って」と美紀が久々の制服を着て、気恥(きは)ずかしそうに立っていた。

「あれー、姉ちゃん、今日は学校行くんだー」

亮(りょう)が不思議そうに言った。

「ほら、二人ともさっさと朝ごはん食べてね！」

紀代子はうれしさを隠(かく)すように言った。美紀は、将来の夢ができたことで、また前に進もうという気持ちになっていた。

解題

子どもは何も悪くない

経済的に豊かなはずの日本で、子どもの貧困問題が深刻になってきています。二〇一二年には、平均所得の半分以下で暮らす一八歳未満の子どもの貧困率が一六・三%と過去最悪となり、実に子どもの六人に一人が相対的貧困状態にあるという実態が明らかになりました。なかでも母子家庭の貧困率は五〇%を超えています。

「六人に一人」という数字には、「えっ、そんなに?」と正直、驚きました。町を歩いていても、みすぼらしい格好をした子どもは見かけませんし、学校の給食が唯一の食事といった話もあまり聞きません。

リサーチや取材を通して、食べるものにも着るものにも困っている、というほどではない

郵便はがき

料金受取人払郵便

大崎局承認

7258

差出有効期間
平成28年6月
30日まで

141-8790

114

東京都品川区上大崎 3-1-1
JR 東急目黒ビル 7F

NTT出版株式会社 行

<個人情報の取り扱いについて>

ご記入いただいた個人情報および裏面のアンケートの内容につきましては、厳正な管理の下で取り扱い、弊社商品のご案内および弊社出版物の企画の参考にのみ利用させていただきます。また、個人情報については、第三者への提供・委託は行いません（なお、個人情報をご提供いただけない場合は、弊社商品のご案内ができませんのでご了承ください）。

★ 個人情報の取り扱いについて同意されますか。	□同意する　□しない

同意するに ☑チェックした場合のみ、以下へご記入ください。

フリガナ お名前	
ご住所	〒

★弊社図書目録を希望されますか（無料）。	□希望する　□しない

個人情報の取り扱いに関するお問い合わせおよび弊社の商品案内がご不要になった場合は、恐れ入りますが下記の問い合わせ先までご連絡ください。

問い合わせ先：NTT出版株式会社お客様相談窓口（個人情報保護管理者：NTT出版株式会社企画総務部長）
電話：03-5434-1020　FAX：03-5434-0909
http://www.nttpub.co.jp/

ご愛読者カード

タイトル **そして、生きる希望へ** ―貧困に立ち向かう子どもたち

★性別　1. 男　2. 女　　★ 年齢　（　　　）歳代

★ご職業・職種

（　　　　　　　　　　　　　　　　　　　　　　　　）

★購読されている新聞・雑誌

1. 朝日　2. 日経　3. 読売　4. 毎日　5. 産経　6. その他新聞・雑誌（　　　　　　）

★この本の発売を何でお知りになりましたか。

1. 新聞・雑誌広告（紙誌名　　　　　　　　　　　　　）
2. 書評、新刊紹介（掲載紙誌名　　　　　　　　　　　）
3. 書店の店頭で（書店名　　　　　　　　　　　　　　）
4. インターネット　5. 友達に聞いて　6. 案内チラシ
7. 図書館で見て　8. 市民活動団体からの紹介　9. 学校・ＰＴＡからの紹介
10. その他（　　　　　　　　　　　　　　　　　　　　）

★この本のご購入動機（複数回答可）

1. テーマに興味があるから　2. タイトルにひかれたから
3. 装丁がよかったから　4. 作品の内容に興味をもったから
5. 著者に興味があるから　6. 『踏み出す勇気』を読み、興味をもったから
7. その他（　　　　　　　　　　　　　　　　　　　　）

★ご購入区分　1. 自分で購入　2. 会社・団体で購入　3. 受贈　4. その他（　　　）

★価格について　1. 安い　2. 適当　3. 高い

★本書の内容について　1. 良い　2. 普通　3. 悪い

★どんなテーマの出版をご希望ですか。

1. 虐待・ＤＶ　2. 子どもの貧困　3. 居場所作り　4. 見守り・ケア
5. いじめ　6. 発達障がい　7. 不登校・ひきこもり　8. 非行
9. その他（　　　　　　　　　　　　　　　　　　　　）

★この本についてのご意見、ご感想などをお聞かせください。

にしても、毎月の収支がギリギリの状態で暮らしていて、「塾代」や「交際費」にまではお金が回らない。そういう家庭が実は私が思っていた以上に多いということがわかってきました。戦後の物のない時代を経験してこられた方々にとっては「そんなのは貧困とは言えない」と思われるかもしれません。しかし、周囲との微妙な力関係のもとに成り立っている今の思春期の子どもたちにとって、「他の子が普通にやっていることをお金がないからできない」というのは、大きな問題です。

本書で描いた美紀は、母子家庭となり、経済的理由で友達と遊びに行かなくなったことで、学校で友達と話が合わなくなっていきます。さらに忙しい母親の代わりに家事もすることになります。そのような状況になってもなお、美紀は親を恨むことはなく、むしろ自分のせいでこんなことになった、と自分を責めます。将来に対する希望も持てなくなり、自分自身の「生」自体に疑問を持つようになります。

たまに「離婚して母子家庭になったのは自己責任だ」という話を耳にします。母子家庭になったのにはそれぞれ事情があると思いますが、少なくとも、子どもにはなんの罪もありません。結局美紀は、「にじいろ広場」と出会い、前向きな気持ちを取り戻していくわけですが、このように子どもが自己肯定感(じここうていかん)を育めるような場所や温かい空気が世の中に広まっていくといいなと思います。

私自身も小学生と中学生の二人の娘(むすめ)を育てる母親として、また、「近所のおばちゃん」として、そのような子どもたちに対して何をすればよいのか。取材させていただいた子どもの貧困問題に取り組む社会福祉士(しゃかいふくしし)の方に伺(うかが)ってみたところ、「見かけたら挨拶(あいさつ)をしてください」と言われました。困った事態が起こったときに助けを求めるのは、結局、いつも挨拶(あいさつ)してくれる近所のおばちゃんなんです、と。

執筆(しっぴつ)にあたり、NPO団体や母子家庭のお母さん方、その子どもたちなどさまざまな方からお話を伺(うかが)いました。当事者の方にとっては思い出したくないこともお話いただくことになり、大変心苦しかったです。ご協力いただき、本当にありがとうございました。この場を借りて厚く御礼(おれい)申し上げます。

二〇一五年一月

阿蘭ヒサコ

〈参考文献〉

『シングルマザーの貧困』水無田気流著／光文社新書／二〇一四年
『子どもたちとつくる貧困とひとりぼっちのないまち』特定非営利活動法人山科醍醐こどものひろば編／幸重忠孝・村井琢哉著／かもがわ出版／二〇一三年
『ひとり親家庭』赤石千衣子著／岩波新書／二〇一四年
『チャイルド・プア――社会を蝕む子どもの貧困』新井直之著／ティー・オーエンタテインメント／二〇一四年
『子どもの貧困――日本の不公平を考える』阿部彩著／岩波新書／二〇〇八年

シェアライフ

社会的養護（しゃかいてきようご）からの巣立ち

冨部志保子

第一章 知らずにいた現実

こころの灰汁

まだ昼前だというのに、部屋に差し込む日差しは今日も容赦がなかった。昨日の夜から干してある洗濯物は、窓の外ですっかり乾ききっている。

唸るように冷気を吐き出すエアコンのそばで、神崎鏡平はパジャマ代わりのTシャツと短パンでパソコンに向かい、小型のヘッドホンを耳にあて、先ほどからオンラインゲームに興じている。一人暮らしの部屋なのにヘッドホンを使うのは、アパートが古く、好みの大音量にできないためだ。鏡平にとってゲームは現実の自分を置きざりにできる逃避場だった。だから、プレイ中は余念が入る隙がないほど、音を響かせていたいのだ。

異次元の中で剣をふるい、屈強な敵をなぎ倒し、勇者となる。憑かれたように闘い続け、そして思い出したようにヘッドホンを外すとき、いつも世の中があまりに静かなことに驚くのだった。

鏡平が二年間勤めた小さな編集プロダクションを退職したのは、三か月ほど前のことだ。そこは大学や専門学校の入学案内などを制作する会社で、従業員は自分を含めて四人。仕事は多忙で、時に職場で朝を迎えることもあったが、給料はまずまずで、古くて狭いアパートで一人暮らしをするには十分といえた。それに新卒で入社した頃に比べると、任せてもらえる範囲も徐々に広がり、やりがいといえるものもなくはなかった。けれど、辞めてしまった。決定的な何かがあったわけではない。まるで鏡平の中に棲みついた何者かが、昨日と同じ一日をこなそうとする自分の動きを封じるかのように、ある朝、会社に行く気が失せていたのだ。ベッドから体を起こしても、着替えようという気持ちがどうしても起こらない。鏡平はしかたなく休みをとり、何日か後に出社したとき、辞表を出した。

「これからどうするんだ?」

社長にそう聞かれたとき、思わず口から飛び出た言葉に、鏡平自身が驚いた。

「独立して一人でやります」

この先、フリーのライターとして仕事をしていきたいと強く思っていたわけではなかった。ましてや、実務経験わずか二年の、二四歳の自分に何ができるのか、自信などまったくなかった。でも、始めてしまえば何とかなるのだろうとは思っていた。

大学受験では第一志望校に落ち、超氷河期に就職活動を余儀なくされ、入社を希望した大手出版社には見向きもされなかった。そんな中、半ば投げやりになって小さな編集プロダクションの面接を受けたときから、人生なるようにしかならないのだという気分が、胸の内にあったからかもしれない。

不意に机の上に置いたスマホが震える。見知らぬ電話番号からだった。

「はい、もしもし?」

「あ、神崎さん、ですか?」

聞き覚えのない若い男の声だ。

「そうですけど」

「あの、貼り紙、見たんですけど」

貼り紙？　何のことだ？　イタズラ電話か？　無言のままの鏡平に代わって、電話の向こうの男は続ける。

「スーパーの入口近くの掲示板にあった貼り紙です。パンフレットとか、つくってもらえるんですよね？」

思い出した。独立したはいいが、仕事がくるアテなどまったくなかったから、近所のスーパーマーケットにある無料の掲示板に「カタログやパンフレットなどを作ります」と貼り紙を出していたのだった。

「あ、ああ、やりますよ。で、どんなパンフレットですか？」

あわてて体裁を繕い、鏡平は言った。

「実は、これからシェアハウスを始めようと思っていて、その案内を作りたいと思ってるんです。完成はまだ先なので、どんなものをつくればいいのか、よくわからないんですけど……」

電話の向こうで若い男が言葉を探すように詰まりながら話すのを聞いて、鏡平は言った。

「じゃあ、まずは一度お会いして打ち合わせしましょうか。最初はお話をゆっくりうかがって、それからベストな方法を一緒に考えていくのがいいと思いますから」

電話を切ってから、これは勤めていた編集プロダクションの社長がいつも使っていたセリフだったと鏡平は気づいた。まずはクライアントと会ってじっくり話を聞くこと。仕事のことだけじゃなくて、相手がどういう考え方をする人物かまで見えるくらい、たくさん話を聞くこと。そうすることで、その仕事に求められる提案のポイントがつかめるのだ、と。

嫌になって辞めたはずの会社なのに、自分の中に社長の考え方が根を下ろしていることが何だかおかしかった。

鏡平は壁のカレンダーの七月一五日のところにマルをつけた。

独立してから、これが初めての〝仕事〟だった。

駅前から続く商店街を右折して、三つ目の交差点を今度は左に折れる。焼きつけるような日差しが街並みの陰影を強める中、鏡平は目印だと教えられたクリーニング店を探していた。もう梅雨は明けたのだろうか、地図を見ながら歩いている間にも汗がだらだらと流れてくる。住んでいるアパートからそう遠くはないものの、駅の反対側ということもあって、このあたりはあまり来ない場所だった。低層のマンションや古いアパートが混然と建ち並ぶ一角を歩きながら、確かこのへんなんだけどなあとあたりを見回していると、

「神崎さんですか?」

後ろのほうから声がした。振り向くと大学生くらいの小柄な男が、こっちと言わんばかりに古い一軒家を指さしている。鏡平が近づくと男はぺこんと頭を下げ、飯澤勇希だと名乗った。

勇希は鏡平を家に招き入れると、玄関わきにある和室に通した。和室の先には濡れ縁があり、小さな庭を覆い尽くすかのように節操なく茂った植物の緑が見える。壁も畳も濡れ縁も日に焼けてそれなりの歳月を感じさせるが、何よりも年季を物語っているのが、部屋の中の調度類だ。壁にはいかにも時代ものといった体の時計が古めかしい音を立

て、壁際にある茶箪笥にはこけしなどの民芸品がいくつも並んでいる。それらはおそらく一〇年の時を巻き戻しても、同じ場所にあるに違いない。

しばらくしてやってきた勇希は手に麦茶のペットボトルとコップを持ち、鏡平と向かい合う形でちゃぶ台の前に腰を下ろすと、おもむろに話し始めた。

「おれ、ここに一人で住んでるんです」

言いながら、扇風機のスイッチを入れる。ブゥーンと唸るような音がして生暖かい風が体をなでる。

「へえ」と鏡平は言った。

築年数はかなりだろうが、小さな庭のある二階建ての一軒家は、大学生くらいの男が一人で暮らすには不釣り合いに思えた。

「実家、なんですか？」

手もとにあったうちわを借りてせわしなく扇ぎながら聞くと、勇希はあいまいに頷き、

「まあ、そんな感じっていうか。以前はおばあちゃんが一人で住んでたんですけどね。今は老人ホームに入っちゃったんで好きに使っていいってことで、おれが使ってるんです。

子どもの頃は何年かここに住んでたんですよ、おばあちゃんと二人で。確か中学二年までだったかな」と言った。

「へえー、二人で……」

部屋の中を改めて見ると、小さな仏壇が壁際に置いてあるのに気がついた。

「ああ、あれはおれの両親のじゃないですよ。ずいぶん昔に死んじゃったおじいちゃんの仏壇です。おれ、親いないんですよ。父親も母親も、おれがまだ子どもの頃に目の前から消えて、今どこで何してるかも、全然わからないんです。それで小学四年のときに、おばあちゃんに引き取られてこの家で育ったんです」

「はあ、そうなんですか」

返答しながら鏡平は、何だか落ち着かない気持ちになった。

小さい子どもを置いて両親が家を出るって、いったいどういうことなのか。それに出会って数分しか経っていない自分に、なんでそんなことを話すんだろう……。

そんな気持ちを見透かしたかのように勇希は言った。

「すいません、電話した内容とちょっと関係あるもので、つい変なことしゃべっちゃって。電話でもお話ししたように、この家をシェアハウスにしたいって思ってるんです」

「え、ここを？　シェアハウスって、みんなで食事つくって、みんなで食べたりしながら共同生活するあれのことですよね。それをここでやろうと？」

……にしてはずいぶん古ぼけてやしないか？　という思いが言葉ににじむ。

「そうです。ドラマみたいにおしゃれにとはいかないけど、縁側とかあるし、和室でちゃぶ台囲みながらみんなで食事するっていうのも楽しいんじゃないかなって思って。あ、もちろん消防法とか、そういうのはちゃんと基準を守りますよ。おれ、一応工務店で働いてるから、自分でこの家をリフォームしていくつもりなんです」

完成の目安は来年の春だと勇希は言った。

「あの、失礼ですけど、飯澤さんっていくつなんですか？」

童顔で小柄な飯澤勇希のことをてっきり大学生だと思っていたので、社会人だと聞いてさらに驚いた。

「二十歳です。高校を出て働き出してから二年目。でも高校の頃からアルバイトで工務店にいたから、経験はもっと長いですけど」

「ああ、そうなんだ。それにしても、なんでシェアハウスなんかやろうと？」

思わずタメグチになったのは、相手が年下だとはっきりわかったのと、自分には相容れないものを前にした違和感を隠すためかもしれなかった。

そもそも鏡平には理解できないのだ。自分にとって家は一人で気ままに過ごすための場所で、そこに他人が入り込むなんてまっぴらだったから。だから、大学生になって初めて親もとを離れたときはほっとした。もう、洗面所を妹と取り合ったり、風呂に入る時間を母親から急かされたりしなくて済む。自分のペースで過ごせるのだ。これこそが自由なんだと、心底思った。だから、間違っても共同生活なんていうものに惹かれたりしないし、そもそもシェアハウスなんかで他人と共同生活しているやつは、常に誰かとつるんでいたい面倒くさい人間に違いないと鏡平は思っていた。

「なんでって……。この家は自分一人じゃ広すぎるし、みんなで住むってやっぱ、いいじゃないですか」

ちゃぶ台に置いたペットボトルから麦茶をとぽとぽとコップに注ぎ、鏡平の前に置くと、勇希は続ける。

「それに自分には、そうしなきゃいけない理由があるんです」

その日の夜、鏡平はいつもの店にいた。

店の名前は「Ｂａｒ　ハルカ」。春香さんというママがいるカウンターだけの小さな店だ。バーと名がつくが、アルコールよりも料理のほうがメニュー豊富でおいしいため、カウンターに座る客たちはたいてい食事目的でやってくる。鏡平もその一人だった。

「今日さあ、仕事の打ち合わせに行ってきたんだけどさ」

好物のゴーヤチャンプルーを食べながら、鏡平は春香ママに言った。

「あらー、よかったじゃない。初仕事？」

丸顔にくりっとした目の春香ママは、鏡平よりかなり年上だったが、いつ見てもアニメのキャラクターを思い出させる。その親しみやすさが鏡平は気に入っていた。

「まあね。でもちょっと面倒くさいかも」

「どうして？」

春香ママが大きな目をさらに見開くようにして訊く。

「古い一軒家でシェアハウスをやりたいから、案内パンフレットをつくってくれっていう依頼なんだけどさ……」

「素敵じゃない。なんだか、おしゃれな感じ！」

「それが違うんだって。今日その家に行ったんだけど、ほんとにボロボロでさ。依頼主もおれより年下の男で、なんて言うか、ちょっと変わった感じなんだよ」

鏡平はいきなり相手から身の上話をされたこと、自分には共同生活なんてぴんとこないこと、そして、その若い男がどうしてシェアハウスをつくることにしたかという〝理由〟を春香ママに伝えた。ママは話をひと通り聞いたあと、

「へえー。じゃあ、その勇希くんって子は一緒に住んでいたおばあちゃんが体を悪くして老人ホームに入ってから児童養護施設で育ったってわけ。それで、そこを出て一人で生活しだしてからみんなで暮らすことが大事だと思って、施設を出た子どもたちのためのシェアハウスをつくろうとしているわけね。すごいことじゃない！　協力してあげれば」

明るい調子でそう言うと、鏡平の前につくりたてのポテトサラダを置いた。

「うーん、まあそうなんだけどさ。でも、養護施設とかおれの知らない世界だし、どう考えていいのかわかんなくって。ほら、最近多いでしょ、親から虐待されて子どもが施設に入るとか。ああいうニュースってさあ、聞くだけでツラいからおれ、ふだんから耳に入れないようにしてるんだよね。それでなくても世の中しんどいことだらけなのに、さらに気持ちを重たくするのって意味ないしさあ」

鏡平はほくほくとしたポテトサラダを口に運びながら続ける。

「おまけにパンフレットをつくる予算もかなり少なくて、なんだかなーって感じなんだよ。スーパーにあんな貼り紙しなきゃよかったかなあ」

ひとしきり弱音を吐いてから、ああまただ、と思った。いつもこんなふうに春香ママに心の内をあけすけにしゃべってしまう。それはまるで学校から帰った子どもが、母親に今日一日の出来事を報告するみたいだった。

「そんなこと言わないで、前向きにやってみればいいんじゃないの？　何事も経験なんだから！」

御託を並べる鏡平をやさしく促すように、春香ママは言った。思えば、この店で何かを話すと、落ち着く先はたいていこんなふうだった。春香ママは特別気の利いた言葉をかけるわけではなかったが、なんとなくうまくとりなされて、ま、いっかという気持ちになる。話を聞いてもらうことで、煮詰まった自分の心の表面から灰汁がすっきり取り除かれるようなのだ。

「前向きにねえ……」

鏡平はため息交じりにつぶやいた。

社会的養護

「ところで、児童養護施設ってどんなところなの？」

口火を切ったのは鏡平だった。

春香ママに背中を押されて数日後、鏡平は再び勇希のもとを訪ね、ひとしきりパンフレットの制作手順などについて話したあと、暑いからビールでもと勇希にすすめられたことで、話は自然に仕事以外のことに流れていった。切り出したのは、その最中でのことだった。

「うーん、ひと言で言うのは難しいですけど、自分にとってはやっぱり、お世話になった場所ってことかなあ。育ててもらったことには感謝してますよ。最近、ようやくそう思えるようになってきたかも」

勇希はつまみのナッツを口に放り込みながら言った。ぎこちなく首を振る扇風機が、熱気の残る室内の空気を不機嫌そうに掻きまわしている。

「施設の中では集団生活なんでしょ。寮みたいな感じなのかな?」

つられたように鏡平もナッツに手を伸ばす。

「まあ、そんなもんですけど、普通の寮じゃないですよ。下は一歳から上は一八歳まで、いろんな年代の子がいるんですから。最初、おれがいたのは五〇人くらいの子どもが同じ屋根の下で寝起きするような大きいとこだったんです。小中学生は二、三人の相部屋。個室は高校生にならないともらえなかった。食事も風呂もいつも誰かと一緒だし、朝起きる時間も夜寝る時間も、きっちり決められてるんです」

「ひえー、それ、キッツいなあ」

そんな暮らしはどうにも苦手、というふうに鏡平は顔をしかめた。

「でも慣れるしかないんですよ。おれの場合は、施設に入ってしばらくしてから養護施設の近くにできたグループホームで暮らすようになったから、わりと変わりましたけどね」

「グループホーム？」

「年代がバラバラの六人くらいの子どもと二人くらいの職員がおんなじ家で寝起きして、家族っぽい感じで暮らすところです。見た目はふつーの一軒家ですよ。おれがいたのは小学生四人と中学生二人の男子だけのホームでした。そこでは個室ももらえたし、大きい施設にいたときよりは自分のペースで生活できて、まあ多少はラクだったかな」

「ふぅん」

見知らぬ者同士が一緒に暮らすって、どんな感じなんだろう、と鏡平は思った。

しばらく間をおいてから勇希が口を開く。

「おれ、さっき施設には感謝してるって言いましたけど、中にいる間は、まったくそんなこと考えもしなかったですよ。むしろ、イラ立ってた。自分の居場所はこんなとこじゃないだろって。なんでこんなつまんないところに、おれはいなきゃならねーんだって。出される食事にいっつも文句言って、職員に逆らって問題ばっかり起こしてた。とにかく、さっさとこんなとこ出て、自分で稼いで生活したいって思ってたんです。高校を辞めたら施設から出ることになるから、じゃあ退学してやれと思って、真剣に学校に退学届を出そうとしたこともあるんですよ。でも退学届なんて自分で書いたことないから、適当に書いたものを職員に見せて、これでいいのかって聞いたら、お前なにやってんだって説教されて終わり」

　ははは っと、さもおかしそうに笑いながら勇希は続ける。

「退学は絶対するな、高校くらい出ておけって。それでなくても親がいなくて社会に出てから頼る先がないのに、学歴までなくてどうするんだって。まあ、そんな言い方はしなかったけど、そんなことを言われました」

　そう言ってから、勇希はまた少し黙り込んだ。

「いろんなことがあったけど、まあ今から思えば、あの施設があったから今のおれがあるんだなあって思うんですよ。あそこにいたことがよかったとは思わないけど、ふつーに親もとで育ってたらできないようなことも、たくさん経験できましたからね。みんなでキャンプに行ったり、海に行ってバーベキューしたり、クリスマス会をやったり、スキー旅行に行ったり。そういうのって、考えてみたらけっこう楽しかったなって、施設を出てから気がついたんです」

「……そうなんだ」

何をどう言えばいいのかわからないので、鏡平は勇希の話をただ聞こうと努めた。

「あとはいろんなことを考えるクセがついた、かな」と勇希。

「考えるクセ？」

「施設を出たらどうやって生きていこうとか、そのために自分はどんなことができるのかとかね。児童養護施設って基本的に一八歳で出なきゃいけないんですよ。出たあと、親もとに戻るやつもいるけど、たいていは家庭が壊れてたりして戻りたくても戻れない。だから、おれたちは十代から一人で自立して生きていかなきゃいけないんです。その中で、世の中から孤立していくやつもいるんですよ。施設から出るときは就職先が決まってても、その職場が合わなくて、施設を出てからすぐに辞めちゃって、定職が見つからなくってビンボーになったり、女の子だったら食ってくために風俗に走ったり……。虐待を受けてたやつなんかは、そのトラウマで人間関係がうまくつくれなかったりするし、それが原因でうつ病になるやつだっているんですよ。でも、カネがないから病院にも行けなくて、どんどん精神的に病んじゃって。その挙句、ホームレスになる場合だってあるんです。そこまで行かなくても、親に頼れないっていうだけで生きにくいことって、すごくたくさんあるんですよ。たとえば、アパートひとつ借りるにしても、未成年で、しかも保護者が施設長なんてやつに貸したがらない家主は多いし、普通のアパートを借りるだけの資金もないから、住み込みができる仕事じゃなきゃダメってことになる。でも、そういう仕事ってたいていキツいですからね。おれ自身、外に出てから生きにくいなって思ったし、仲間を見ててもそう感じる。だから、施設を出た者同士が働きながら一緒に暮らすのって、大事だって、おれは思ってるんです」

「……わかり合える分、助け合っていけるから？」

「まあ、そういうことですかね。だからおれ、血のつながりなんか関係ないって思ってるんですよ。……というか、そう思わないとやっていけないんで」

勇希はグラスに残ったビールを飲み干してから言葉を継いだ。

「だって世の中、両親がいて当たり前、家庭があって当たり前っていうふうにできてるんですよ。テレビを見ても雑誌を見ても。だから、その常識からハズれたやつのことなんか、誰も想像できないんです。だから、おれたちは仲間をつくろうとするんですよ、家族の代わりに。血のつながった家族より大事なのは、なんでも言い合えて信頼できる仲間の存在。おれたちにとっては、そんなつながりがいちばん大事なんです」

何をどう言えばいいのか、わからなかった。そして、鏡平は思った。果たして自分にはそんな仲間がいるんだろうかと。大学の頃はしょっちゅう会って飲んだり食ったりする仲間はいたが、最近ではそういうつきあいが減っていた。おそらく、大きな原因は鏡平自身にあった。外で誰かと会うよりは家で気ままにゲームをしているほうが落ち着くのだ。外は暑い、人間関係が面倒、働くのはしんどい。いろんな理由をつくりあげて、最近は自分の内に引きこもりがちになっている。どうしてそうなっているのか、自分ではよくわからないのだが……。

しばらく沈黙が続いた後、勇希が口を開く。

「あと、仲間が大事って思うのは、仲間ができづらいから、かもしれないですけどね。おれ、今でもヒマができたら自分がいた施設に遊びに行くんですよ。そんなとき職員が、施設を出てから連絡がとれないやつが多いってよく言ってます。〈どうしてる？〉ってメールしても返事がなくて、そのまま音信不通になるって」

勇希は続ける。

「まあ、おれたちからすると、施設はいずれ出るところで、出てからは頼っちゃいけないっていう意識があるから、困ってても気軽には連絡しづらいっていうのがあるんですけどね。でも、だからといってほかに相談する相手がいないと、どんどん孤立して、どんどん生きづらくなるでしょ。おれはもうだいぶん吹っ切れてるからこんなふうに自分のことを喋れるけど、自分が施設で育ったなんて、言いたくないやつのほうが断然多いはずだし、そのことが人間関係に微妙に影響してたりすると思う。だからこそ、わかりあえる仲間って大事なんですよ」

「あのさ、こんなこと聞いていいのかわからないんだけど……。どうして君のご両親は君を置いて出ていったのかな」

意を決したように鏡平は言った。これは先日初めて勇希と会ったときにサラリと聞かされて以来、もっと深く聞いてみたいと思っていたことだった。さすがに、ここまで踏み込んでいいのかためらいはあったが、吹っ切れているという言葉に勇気を得て、鏡平は聞くことにした。

勇希は鏡平の目をじっと見てから、吐き出すように言った。

「……バカだから、じゃないですか」

勇希の両親が離婚したのは、今から一五年前の二〇〇〇年四月、勇希がちょうど五歳の誕生日を迎えた頃だった。後から祖母に聞いたところ、離婚はどうやら父親のＤＶ〈ドメスティック・ヴァイオレンス〉が原因らしい。

「うちのオヤジは雑貨を輸入する商売をやってて、おれが生まれた頃はけっこう羽振りがよかったみたいなんです。海外に買いつけに行って、一か月くらい戻らないこともあったらしくて。小さかったからあんまり記憶にはないんですけど、帰ってくると海外のお菓子とかおもちゃとか、お土産をたくさん買ってきてくれたりして優しいところもあったみたい。でも、仕事がうまくいかなくなってからは酒の量が増えて、飲むと急に目つきが変わって、手がつけられないくらい乱暴になって、母親をしょっちゅう殴り飛ばしてたんです。かわいがってもらった記憶はほとんどないのに、暴力の記憶だけは今も残っていて、時々止めに入った僕も殴られたりしました。そんなおれを助けようとして母親が大けがしたこともあったりして、あるとき、母親はおれを連れて家を出たってわけです」

恐らく発作的な家出だったと思うと、勇希は言う。

「その頃の母親は専業主婦で稼ぎもなかったし、自分の両親にも頼れないような状態だったから、父親と別れたらどうやっておれを育てればいいかわからなくて不安だったと思うんですよ。でも、もう限界だったんだろうな」

勇希は家を飛び出したときの母親の様子を今でもよく覚えていると言った。

「わりと寒い時期だったのにサンダルみたいなのをつっかけて、近所に買い物に行くみたいな、いつもの格好だったんです。よっぽど思い詰めてたんでしょうね。おれはてっきりスーパーにでも行くんだと思って気軽についていったんです。そのあと家に帰らないってわかってたら、好きなゲームとかおもちゃとかを持っていったのにって、当時はよく思ったもんです」

その後、着の身着のままで家を飛び出した母親と一緒に電車を乗り継ぎ、どこでどう探したのか、母親はひなびた温泉旅館に職を得たのだという。

「最初のうちは、まあよかったんですよ。従業員の寮には自分と同じような親子がほかにもいたから、母親が働いている間は寮の子どもらと遊んだりして。父親はもともと不在がちだったから、おれにとっては住む場所が変わったくらいの変化で、暴力に怯えなくてもいいだけ気がラクだった。でも、そのうちおかしくなってきたんです、母親が」

それまで父親の酒癖の悪さを嫌ってほとんど飲まなかった酒を飲むようになり、深酒をして仕事を無断欠勤することが増えてきたのだという。そして、それによって周囲からの信用を徐々に失っていったのだった。

「やっぱり、どっかで壊れてたんだと思う。殴られたり蹴られたり、ひどい言葉でののしられたりするのって、本人が思ってる以上に精神的にキツいんでしょうね。でも、だから壊れてますなんて言い訳は職場には通用しないし、無断欠勤が続けば、あっさりクビですよ。そうなると、すぐに寮も出なきゃいけない。でも行くアテなんかどこにもないから、住み込みで働ける飲食店とかパチンコ店とかに勤めては、また解雇されて。それを繰り返すうちに、だんだん生活が荒れていったんです」

母親と一緒に各地を転々としていた頃、勇希は小学校にもろくに通っていなかったという。

「じゃあ、昼間って何してたの？」

「家にいましたよ。どこに引っ越しても、だいたい一部屋しかない狭いアパートだったけど、たいてい、その頃のおれは家にいました。学校にはあんまり行きたくなかったんです。どんどん壊れ方がひどくなる母親が心配だったっていうか。自分が学校に行ってる間に何かあるんじゃないかって子どもも心に気になってたのかもしれないですね」

「食事とかは？」

「母親が精神的におかしくなってからは、出来合いの弁当とかカップラーメンとかを適当に買ってきて食ってました。食うものがなくなってどうしようもないときは、水に砂糖を入れて飲むんです。そしたら、しばらくすると空腹が収まるから」

勇希の母親がいなくなったのは、そんな生活が続いた頃だったという。

「ある朝、目が覚めたらカップラーメンが何個か置いてあって、代わりに母親がいなくなってた。直感でわかったんです。もう帰ってこないんだって。でも信じたい部分もあって、何日かはカップラーメンで空腹をしのぎながら母親が帰ってくるのを待ってました。でも帰ってこなかった。そのうちカップラーメンがなくなって、砂糖もなくなって。腹が減ってしかたないから、近くのコンビニに行って弁当を盗ったんです。そしたら店の人に見つかって、初犯だから警察には通報されずに、代わりに離れて暮らしていたおばあちゃんが呼び出されて……」

「それで、おばあちゃんが暮らしてたこの家に来たの？」

「そういうこと」

淡々と話す勇希の言葉に、鏡平は面食らった。

自分がもし勇希の立場だったら、こんなふうに他人に話せるのだろうか。高校を卒業するまで親もとで過ごし、一人暮らしを始めてからも学生のときは毎月の仕送りで生活してきた自分は、生活苦を感じるほどの貧困など知らない。会社を辞めた今も、生活が立ち行かなくなれば実家に帰ればなんとかなるという思いが、意識しないにせよ、自分の中にきっとあるのだ。

鏡平にとって、勇希が語る話は想像を超えたものだった。だからこそ、聞いてみたくなった。

「お母さんとは、それっきり？」

「それっきりです。どこにいるのか、生きてるのか死んでるのか、今も全然わからない」

「この家に来てからの暮らしは、どんなふうだったの？」

「すごく穏やかでしたよ。おれの母親はおばあちゃんと仲が悪くて、ひどい話ばっかり聞かされてたんだけど、実際に会ってみたら、おばあちゃん、おれには優しかったんです。ここに来てからおれは小学校にもちゃんと行くようになったし、学校から帰るとおばあちゃんのいる畑に行って、雑草を抜くのを手伝ったりして。こんなにのんびりした平和な暮らしがあるんだって、びっくりでした。だって、今まではいつ引っ越すのか、いつ母親がいなくなるのかって、びくびくしながら暮らしてたんですから」

けれど、それですべてが丸く収まるわけではなかった。中学に上がってから、それまで内気であまり感情を表さなかった勇希が荒れだしたのだという。

「今から思えば、おれ、ずっと怒ってたんだと思う、いろんなことに。中学になってそれが表に出てきたんでしょうね。相手の何気ないひと言に食ってかかって、あちこちでケンカしたり、万引きしたり。悪さばっかりしてたら、おばあちゃんがついにまいっちゃって。それが原因なのかはわからないけど、去年から老人ホームで暮らすことになったんです」

「あのさ、おれまだよくわからないんだけど……。さっき君は血のつながりは関係ないって言ったけど、話を聞くと、小学生のころまで親とかおばあちゃんとか、親族に育てられたわけだよね。なのに、どうして血のつながりは関係ないって思えるんだろう？」

そう言う鏡平をじっと見たあと、勇希は言った。

「親は結局、おれを見捨てたんですよ。捨てられて荒れてたおれに手をさしのべて育ててくれたのは、結局、血のつながりのない赤の他人だったんです。……おばあちゃんが老人ホームに入って、この家で一人になってしばらくしたとき、区の職員がやってきて一時保護所に連れていかれて、そこからおれは児童養護施設に入ることになったんです。養護施設にいるときは、施設を憎んでたけど、それは施設にいる自分が恨めしかったってことで、職員にはよくしてもらったって今は思ってるし、施設で小さい子の面倒をみるのもわりと好きだったし。今となっては施設に入れてラッキーだったって思ってるんです。そうじゃなきゃ、おれ、どこでどうなってたか……。普通じゃない人生だけど、そのおかげで血にこだわってたら見えなかった世界を、いっぱい見ることができた。だから、血縁なんて関係ないって思えるんです」

勇希によると、親もとで生活できない子どもを児童養護施設などで公的に育てることを「社会的養護」と言うのだという。勇希の話を聞き、そんな言葉すら知らなかった自分が何だか恥ずかしくなった。

そんなとき、

「でもね、時々は思い出すんですよ。おれの母親、今頃どうしててんのかなあって」

ぽつんと勇希が言った。

「ちゃんと生きてりゃいいなってね。おれを見捨てたって思うと、母親はひどい女だけど、あの頃の母親はいろんなものを背負ってて大変だったのかなって思うと、ちょっとは気持ちが違ってくるんですよ。捨てられた怒りも憎しみもあるけど、違う見方をすると、かわいそうな人間なんですよ。第一、どうひっくり返っても、おれの母親であることに変わりないですからね。あとこれ。……おれと似てたんです」

そう言うと、勇希は自分の手のひらを見せた。

「母親もおれみたいに四角い手をしてたんです。なんで覚えてるかっていうと、母親が酒飲んで寝てるとき、よく手をさすってやってたから……。あー、おれ何でこんなこと話してるんだろう、酔っぱらっちゃったかなあ」と勇希は頭をかきながら照れた。

そして、ふいにこう言った。

「会ってみますか?」

「え?　誰に」

「おれの仲間に」

「どうして?」

「シェアハウスづくりを応援してくれてるんです。だから、今回つくるものにそんな仲間の声を載せてみてもいいのかなって思って」

会社にいたとき、鏡平は大学生のインタビューなら、たくさんしていた。有名私立大学の一年生ばかりを集めた座談会で、大学生活の魅力を話し合ってもらったこともある。そんなとき、いつも鏡平の前に登場するのは、受験を勝ち抜き、キラキラした笑顔で日々を謳歌する若者たちだった。少なくとも、鏡平にはそう映っていた。そんな彼らとは明らかに違う何かを、鏡平は勇希に感じていた。

その理由は何なのか。それを知りたいと思う鏡平に、断る理由などなかった。

「ぜひ、取材させてほしい」

第二章　当事者のこころ

鏡平は、勇希の取り計らいで、その〝仲間たち〟と会うことになった。

それは表向きにはパンフレットに載せるコメントをもらうための取材だったが、実際にはもっと踏み込んで、当事者である彼らのこころの内を知りたいと、鏡平は思っていた。

これまでどんなふうに生きてきたのか、今、どんなことを考えているのか、そしてこの先の未来をどう描いているのか……。

連絡がとれたのは三人。じっくり話を聞くために、鏡平は静かなコーヒーショップを取材場所に決め、一人ずつとの時間を持つことにした。

山口愛衣菜（一七歳）

私が児童養護施設に入ったのは、小学二年生のとき。理由は親からの暴力です。私が小さい頃、両親が離婚して私はお母さんと一緒に住んでたんです。私に暴力をふるったのは、お母さんがつきあっていた男の人。どんなことをされたのか、なぜか記憶が飛んでてあんまり覚えてないんですけど、手とか足にやけどの傷が残ってるから、きっとひどいことをされたんだと思う。

入所のきっかけは、近所からの通報です。あるとき学校に行ったら校長室に呼ばれて、行くとそこに知らない男の人と女の人がいて、「今日はおうちに帰らずに、別のところに泊まろうね」って。その人たちが児童相談所の人だったんだけど、そのときはぜんぜん意味がわからなくて、誘拐されるんじゃないかって思って不気味だった。

そのあと、しばらくしてから「たつき園」っていう児童養護施設に行くことになったんです。私としては一時保護所を出たら自宅に帰れるもんだと思ってたから、たつき園に連れてこられたときは職員の人に裏切られたみたいでショックだった。だって、私は施設ではたくさんの子どもの中の一人でしょ。おじさんが私にひどいことをした後、お母さんは「お前が悪い子だからいけないんだ」って言ったけど、それでもお母さんは機嫌がいいと時々おもしろい冗談を言って笑わせたり、一緒にいて楽しいときもあったから。だから、離れて暮らすのはいやだった。だから、施設に連れてこられたときは、自分の人生をまわりの大人が決めていくみたいに思えて、もう誰にも心を開くもんかって思ってましたね。

でも、施設に来ていいこともありましたよ。一つは、ごはんがちゃんと食べられること。家では菓子パンとかが多くて、よくてもコンビニ弁当。お母さんは料理をまったくしない人だし、台所はごみだらけで蛇口をひねるのも大変なくらいだったから。だから、食生活はすっごく変わった。あと、広いお風呂に毎日入れるのも感激だった。私、自宅にいたときはお風呂に入れなかったんですよ。風呂場もマンガの本とか服とかが山積みになってたから。なので、お湯で体を拭くのが精いっぱい。髪の毛は近所の公園とかで洗ってました。だから、たつき園で初めて広いお風呂につかったときは、あったかくて、とにかく気持ちよくて。お風呂から出たあと、パジャマに着替えて、歯を磨くのも新鮮でしたね。もちろん、自宅を離れたことで寂しさとか不安はあったけど、子どもって優しくされるとうれしくて、その人にすぐになついちゃうでしょ。しばらくしたら世の中の子どもはこんなふうに暮らしてたのかって。自分が何だか普通の子になれたみたいに思えました。

別の養護施設にいた勇希くんと出会ったのは、二年前の高校一年のとき。全国の養護施設から子どもたちが参加したキャンプがきっかけです。施設って年中、いろんな行事があるんですよ。農業体験とかスキー教室とかクリスマス会とか。施設としての行事もあれば、今話したキャンプみたいに全国の養護施設にいる子どもたちが参加する大きなものもあって、けっこう忙しいんです。でも、そのキャンプはすごく印象に残ってる。施設出身の先輩がスタッフとして参加していたから、私も勇希くんも、就職のこととか、今どんなところに住んでいるかとか、いろんなことを質問したんです。やっぱり施設は高校を卒業したら出なきゃいけないし、出てからどうやって生活するかはすごく重要ですからね。先輩の言った言葉でよく覚えてるのは「仲間をつくれ」ってこと。たった一人じゃ生きるのがしんどくなるからって。そっかーって思った。私、小さい頃から自分のことを話すのが苦手で、友達もそんなに多くなかったから。でも、もうすぐ自立しなきゃいけないから、そんな自分じゃダメなんじゃないかって思ってたところだったので、ああやっぱり！　って。それからは一人でも生きていけるように自分を変えたいって思うようになりました。とは言っても、今もやっぱり自分のことを話すのは苦手で、自分が養護施設で育ったこともまわりの人には言えないんですけどね……。まあ、これは無理して言うことはないかな。あ、一人だけ高校の親友には話してますよ。その子はいろいろ事情をわかってくれてて、「どこで生活してたって、愛衣菜は愛衣菜だし、いいんじゃない」みたいに言ってくれる。うれしいです。

今、高三だから、高校を卒業する来年の春には施設を出なきゃいけないんだけど、出てから母親と一緒に暮らすことは、きっとないと思う。私が中学のとき、母親が引き取りたいって言ってきたことがあって、その前にお試しみたいな感じで何度か母親の住むアパートに泊まったんだけど、やっぱりこの人と一緒に暮らすのは無理！　って思ったんですよ。なんでだろう、今はもうあのおじさんとは別れてて、母親は自分でパートして稼いだお金で生活してて、以前みたいなことは、もうないのかもしれないけど……。意地はっちゃったのかな。あんた、今さら何言ってんの、みたいな。母親のことキライってわけじゃないんだけど、でも、今は無理……。

実は私、将来の夢があるんです。それは美容師になること。子どもの頃、お風呂も満足に入れなくて、いつも汚れた服を着てて、施設に入ってからだんだん、それが本当にひどいことだったんだってわかったんです。だから、キレイであるとか、清潔であるとかは、自分にとってはすごく大事。今でも、施設にいる小さい子の髪を結んだり巻いたり、よくやりますよ。施設にいると、好きなときに服とか靴とか買えなかったりするから、髪型だけでもおしゃれだといいなって思って。

美容師の免許はどうするのか、ですか？ 高校を出たら奨学金を利用して夜間部の美容専門学校に通いたいって思ってるんです。それで昼間は学費を稼ぐためにバイトをするつもり。このことを施設の職員に話すと、資格勉強をしながら働いて一人でやってくのは大変だよって言われます。確かに、働いて、勉強して、生活して、っていうのを一気に始めるのは大変かも。やっぱりやめておこうかなーって弱気になるときもあるけど、そんなときは、さっき話したキャンプで出会った先輩の言葉を思い出すようにしてるんです。

その先輩、「世の中にはたくさんの仕事があるから、まずはその種類を知ることが大事だ」って言ったんです。そして、「これいいかもって思ったら、それになるためにはどうしたらいいかを調べるといい」って。「施設出身だから就職が不利になるんじゃなくて、自分で自分なんかダメだって思い込むことが自分を不利にしちゃうんだから、引け目を感じて最初からあきらめるんじゃなくて、まずは好きなことを見つけて努力してみな」って。あ、あと「学校での勉強は自分の未来の可能性を広げるためにするものだから、しっかり勉強しておいたほうがいいよ」とも言ってましたね。

そうやって考えると、今って大事な時間なんですよね。たつき園にはあと半年くらいしかいないけど、今のうちにお料理は覚えておきたいな。施設にいると毎日つくってもらえるから、私、お料理したことがなくって。コンビニで買ったり外食したりだとお金もかかるし栄養もかたよっちゃうから、施設を出たらちゃんと自分でつくりたいんですよね。

来年の春、勇希くんのシェアハウスが完成したら？　もちろん、そこで暮らしますよ。施設出身者の集まりだからって、変に甘えたりしないで、でも何かのときには助け合えるみたいな場所になるといいな。

矢井田未来（一八歳）

一六歳で家出をして、「はるのき」って自立援助ホームに入りました。え？　自立援助ホームってどういうところか？　やっぱ、知らないっすよね。自立援助ホームっていうのは高校を中退したり、児童養護施設を出ても一人で自立するのが難しい人のための施設で、入れるのは一五歳から二十歳までって決まってるんです。ここは社会に出ていくための準備をするところだから、いろんなルールがあるんです。たとえば、おれのいるホームだと自分で働いたカネから毎月三万円を寮費としてホームに払わなきゃならないとか、貯金も月に五万円しなきゃいけないとか。食事は寮費に含まれてるんでホームの職員がつくってくれるけど、その分、勝手に食わなかったり、食い方が汚かったりすると注意されるし、言葉の使い方とか洗面所の使い方とかがなってないときなんかも、「気をつけないと世の中でやってけないぞ」とかって言われる。甘くはないけど、自立する感覚を身につける場所だから、まあ、そんなもんかな。生活に関することも養護施設とは違って、服代とかケータイの料金とか、必要なものは自分のカネでまかなわなきゃいけないしね。なかなか大変っすよ。だから、ホームにいる人間はみんな働いてる。それが基本。あと、養護施設みたいに親が面会にくることはないね。というか、家庭に問題がある場合が多いから、親には居場所を知らせてない場合が多いんだと思う。ホームに入る理由は人それぞれだけど、親とか家族を頼れないってことは、全員に共通してるんじゃないかな。

おれは母親からずっと虐待を受けてたんです。物心ついたときから、ずっとね。まわりに頼れる人がいなくって、暴力を受けていることを誰にも話せなかった。――母親って呼ぶの、いやなんで、アイツって言っていいっすか。

　アイツとはもうずっと会っていないけど、記憶にあるのは怒った顔。いつだって怒ってた。それで毎日のように僕をたたいたり殴ったり蹴ったり。裸にされてベランダで正座させられた、なんてこともよくありましたよ。食事してるでしょ、で、ちょっとでもこぼすと胸ぐらつかまれて「てめー、まともにメシも食えねーのか」って言っておれを殴るんですよ。毎日そんな調子だったから、おれは完全にアイツの前で萎縮してた。小学生の頃、腫れ上がった顔で学校に行ったらみんなびっくりして心配してくれたけど、親に殴られたなんて絶対に言えなかったし、言いたくなかった。……先生にもね。本当は気づいてほしかったけどね。「どうしたんだ、顔が腫れているのはなぜだ」って、しつこく聞いてくれたら、もしかしたらおれ、素直に話せたのかもなあ……なんて言ったら、甘えですかね。まあ、おれも悪いんだけどね。「どうしたんだ?」って聞かれても、ウソばっかりついてたから。顔が腫れてる理由なんかまともに答えずに、「うちの家はスゲー金持ちでオヤジは外車に乗ってて、夏休みは家族でハワイに行くんだ」なんてね。オヤジなんてもともといないのにね。だから叱られましたよ、先生には。「そんなことばっかり言ってると、誰もお前を信用しなくなるぞ」って。でも、やめられなかったんだ。ウソついてる間は何だかそれがほんとのことみたいに思えて気がラクになるっていうか。ウソがなくなったらおれ、生きていけなくなる気がしてたから。だから、学校じゃ嫌われて、だんだん孤立するようになっちゃったけどね。

　で、家にも居場所がないから、中学にあがってからは、昼間学校も行かずに地元をふらふらするようになりました。その頃はアイツよりおれのほうが体も大きいし、虐待はなくなってたけどね。でも、関係はサイアクだった。アイツは男をつくって、やりたい放題。そんな家に帰るのがいやになって、バイトしたカネを持って家出したんです。でも続かなかった。近場だとまわりにバレて面倒だから、誰も知った顔がいないような遠くに逃げて、そこで住み込みのバイトをしようと思ったんだけどね。でも、未成年のうちは住み込みのバイトに親の承諾が必要だし、一人で部屋を借りるのも親の承諾が必要だし。結局、自分のいる世界からなかなか抜け出せなかったんですよ。

　だから、昼間は日払いのバイトをして夜はネットカフェで過ごすようになった。でもだんだんカネが続かなくなってくるでしょ。そうなると、あとは地下道とか公園とかで夜を明かすしかなくて、もうホームレス一歩手前だった。そんなときに警官に声かけられたんです。

家に帰りたくなかったから、そのとき警官相手に初めて正直に事情を話したんです。以来、アイツとは会ってない。会ったらどうするか？　……わかんないね。どんな顔して何をしゃべっていいのか想像できない。普通の会話なんて、したこともないから。

――話、変えてもいいっすか？

おれ、中学の途中から不登校になって、そのまま高校に行ってないから、今、高卒認定試験を受けて資格をとろうかって思ってるんです。高校卒業程度って認められれば、中卒のままでいるよりも、やれることが増えるってホームの職員に言われたから。正直、そんな試験があるなんて全然知らなかったんだけど、おれのいるホームは勉強会を開いたりして、進学できるようにサポートしてくれてるから、ダメもとでやってみようかなって。

今の仕事？　引っ越し会社で荷物の搬出入とか積み込み作業とかをやってます。体力には自信があったから、なんとかなるだろって思ってたんだけど、最初の一週間はキツかったっすね。荷物は重いわ、階段はキツイわ、想像以上のしんどさだった。二週間もすれば慣れてきたけどね。でも、今も正直やりたくないときもありますよ。実際、なんでここまで自分の時間を削ってこんなことしなきゃならねーんだって思って、何日かバイト休んだこともあります。でも、そうすると、どんどんもらえるカネが減って、来月やっていけないでしょ。大人ってこうやって自分の時間をけずって働いてるのかって、そのときわかったんですよ。それからは、できるだけ休まないようにしてます。

今のホームに来て二年だけど、その中でおれ、ちょっとは変わったかもしれないっすね。いちばん大きいのが働くってことについてかな。仕事って自分ひとりでやるもんじゃなくて、まわりと協力しながらやるもんだなって最近よく思うんですよ。で、そのまわりの人間にはいろんなタイプの人間がいて、その中でやってくしかないんだったら、いやなことがあっても適当に流したりできるようにならないと、ストレスがたまるだけだなってね。以前はバイト先も含めてまわりの大人に反抗してばっかりいたけど、最近は頭を切り替えて、せめてカネの分は働かないとなって思ってる。おれは親に頼らずにひとりで生きていかなきゃいけないんだから、よけいにね。最後に、こんなことホームの職員には言えないんだけど、心の中では感謝してるんですよ。だって、朝起きたら「おはよう」って言って朝メシを用意してくれて、仕事から帰ってきたら「おかえり」って迎えてくれて。具合が悪くなったら心配してくれるし、仕事のこととかでヘコんでたら相談にのってくれたりもするし。おれ、これまで生きてきてそんな大人ってまわりにいなかったからね。ほんと、自立援助ホームにきてよかったなって思う。

そうそう。勇希さんのことを教えてくれたのも、ホーム長ですよ。「施設退所者のシェアハウスをつくってる人がいるぞ」って、勇希さんの記事が載った雑誌を見せてくれて、それを読んだおれが「いいなあ、こんなとこ」ってポツッと言ったのを聞いて、ホーム長が勇希さんを紹介してくれたんです。

おれも、これからシェアハウスづくりを手伝うつもりですよ。ペンキ塗ったり、床はがしたり。こう見えても手先はわりと器用なんで。共同生活って大変なとこもあるけど、誰かに話を聞いてもらうだけでラクになれたりするし、そんな相手がいたら、こんなおれでもちゃんとやってけるのかなって、思うんです。

豊来拓也(一九歳)

僕は両親を小さいときに亡くしてるんです。母親は四歳のときに病気で、父親は七歳のときに車の事故で亡くなりました。事故が起きたとき、たまたま僕は父親が運転する車の助手席にいたんだけど助かったんです。それ以来、親戚の家を転々として、やっぱり面倒みられないってことで八歳から一八歳まで施設にいました。

今は施設を出て一人暮らしをしながらリサイクル店に勤めています。小さい会社ですけど、社長が面倒見のいい人で、これからも続けたいって思ってます。

この会社に入る前?　ずっとフリーターでしたね。最初は施設を出て、高校卒業と同時に寮のある食品工場に就職したんですけどね。でも、その上司とウマが合わなくて。入社してすぐにいやになって、半年も経たないうちに辞めちゃいました。そうなると寮も出なきゃいけないので、しばらくはマンガ喫茶で寝泊まりしながら、精肉加工のバイトをしてました。でも二〇キロを超える牛肉を運んだりタンクに入れたりする作業が体力的にキツくって。それにバイト先では毎日怒られてばかりで、ツラかったですね。今思うと、自分のことをわかってくれる人が身近にいなかったのが、いちばんキツかった。夜、狭いマンガ喫茶の個室でカップラーメンをすすって寝るだけの毎日で、友達と遊ぶお金もない。自分の人生これからもこんなふうなのかなって、こんな自分なんて生きてもしかたないんじゃないかなって、もう気持ちが折れっぱなしでした。

そんなときに、ふと世話になった職員の顔を思い出して、思い切って連絡してみたんです。そしたら、施設を出たあとのアフターケアを専門にしているボランティアの相談所を紹介してくれて、そこからの紹介で今のリサイクル店に就職が決まりました。

今は正式採用になって五か月目です。バイトだと、朝から晩まで長時間働けばもらえるお金はそれなりに増えるけど、体調をくずして休めばあっという間に減ってしまうし、保障ってないですよね。でも正社員なら有休が使えるし、社会保険にも入れる。やっぱり安定感が違うなと思いますね。

就職が決まってから、一人暮らしも始めました。最初は、いろんなことがわからなかったですねえ。今思えば笑えるんですけど、施設を退所して一人暮らしを始めたとき、アパートに着いて電気をつけようとしたら、つかないんですよ。え、なんで？ って思って蛇口をひねったら、水も出ない。引っ越す前に水道と電気、ガスの会社に電話しなきゃ使えないってこと、知らなかったんです。あとはゴミ出しも大変だった。朝ゴミを出す習慣がなかなかつかなくて、そのうち捨てようと思ってたら、部屋にゴミがどんどんたまって、変なにおいがし始めてコバエがいっぱい出て……。施設では食事も掃除もみんなやってもらえるから、こういうことって、わりと知らないんですよね。

でも、思うんです。知らないことは知っていけばいいだけの話で、もっと大事なのは、自分がスゲーって思える人がいるかどうかじゃないかって。スゲーっていうのは、尊敬できる人のことです。

僕の場合は、まずは会社の社長かな。厳しいことも言われるけど、あったかくて、話を聞いてると、もっと仕事がんばろうって思える。自分もあんなふうに人の気持ちをひっぱっていけるようになりたいですね。

あとは僕の両親。母親が亡くなったときは小さかったから、思い出ってそんなにないんだけど、亡くなったあと、父親が仏壇に向かって「ヨウコ、なんでいなくなったんだ」って名前を呼びながら泣いてたのだけはよく覚えてるんです。だから、貧乏だったけど家族で楽しく暮らしてたのかなって思えるんです。あと、父親が残したアルバムに小さい頃の僕を見て笑ってる母親の写真があるんですよ。その写真の裏側に、〈はじめて拓也が立った日〉って書いてあるんです。それ、僕の宝ものなんですよ。生きるのしんどいなって思ったら、いつもそれを見ます。

僕、よく人から気持ちが優しいって言われるんですけど、それはきっと両親がそういう人たちで、そんな両親から大事にされたっていう経験が自分の中にあるからじゃないかなって思うんです。自分の記憶に残ってないのが残念なんだけど……。でも、きっと僕は親から愛されてたんだと思う。絶対に。

それと、勇希のことも、スゲーって思いますね。僕と勇希は同じ施設で育ったんです。学年も同じだし、通ってた中学も同じ。勇希は今も施設にはちょこちょこ遊びに行ってるみたいですね。あいつ、けっこう面倒見がいいから、小さい子から慕われてるんじゃないかな。職員に言えないことも、施設を出た先輩には話せたりもしますからね。

実は、自分にもそんな先輩がいるんですよ。僕、小学校のときに同級生からいじめられたことがあって、それ以来、できるだけ人前では目立たないようにしてきたんです。だから、学校も楽しくなくて、友達も少ないし、勉強もできなかった。こんな自分が大きくなったって、まともな仕事につけるわけがないって、子どもの頃から思ってたんです。施設でも一人でいることが多かったかな。

そんな僕を見て、あるとき遊びに来ていた先輩が近づいて声をかけてくれたんです。内心、この人、なんで僕なんかを気にとめるんだろうって不思議だったんだけど。で、いろいろ話す中でその先輩が「おれたちは、一八歳で自立しなきゃいけない宿命があるけど、その宿命こそが強みなんだ」みたいなことを言ったんですよ。親がいないからこそ、働くってことを早い時期から真剣に考えなきゃいけなくて、それが働く意欲につながるし、十分強みになるんだって。そんなふうに考えたことなかったから、へえーって。励まされましたね。

その先輩、大きな会社に勤めてて、施設出身者ってことを明かしたうえで、いろんなところで講演をしてるんです。気になって、僕も一度聞きに行ったことがあるんですよ。そのときも「社会に出たら過去なんて関係なくて、本人の意志と行動が未来を変えるんだ」みたいなことを話してた。

その言葉って、誰かが言ったことをそのままなぞってるんじゃなくて、その先輩の中から出てきた自分の言葉だと思うんですよ。だから、すごくカッコいい。僕も、自分の言葉で話せる大人になりたいですね。

第三章　未来の選択肢

内的な自立

「よくできてるじゃなーい！」

プリントアウトされたレイアウトを見ながら、春香ママは言った。

関係者へのインタビューを重ねてようやく形になったシェアハウスのパンフレットは、いまや印刷所へ入れるだけとなっていた。

「このレイアウト、実は愛衣菜ちゃんがつくってくれたんだ」と鏡平。

「愛衣菜ちゃんって、ここにコメントが載ってる、美容師を目指してる女の子？　高校生でこんなのがつくれるなんて、すごいわねえ。私なんかいまだにパソコン使えないのに」

「愛衣菜ちゃんのいる施設は、大学生の学習ボランティアがパソコンの使い方とかを教えてくれるんだってさ。それで教わるうちにだんだんおもしろくなって、今じゃパソコンでこんなレイアウトもつくれるようになっちゃったんだって」

「へえー。愛衣菜ちゃんって、書いてあるコメントを読んでも前向きだもんね。きっとがんばり屋さんなのねえ」

パンフレットをしげしげと眺めたあと春香ママは、

「そうだ！　ねえ鏡ちゃん、お料理教室やってみない？」と突然言った。

「は？　何それ」

「ほら、このパンフレットに施設を出たあとに困ったこととして、お料理って書いてあるじゃない。だから、ここでお料理教室をやってみたらどうかなって思ったの。もうすぐ施設を出なきゃいけない子どもたちを呼んで。いいと思わない？」

ママの目がいつにもまして大きくキラキラと輝いている。鏡平もその目に同調した。

「いいね、大賛成！　ただ……」

「何？」

「参加費はどうする？　子どもたちに出させるわけにはいかないし、施設に負担してもらうならしっかり話を通さなきゃならないし、きっとすぐに実行とはいかないよ」

「そんなの、こっちでまかなえばいいんでしょ。そうだ！　募金箱をお店に置いて、お客さんから寄付を募るっていうのはどうかしら。うちの常連さんたち、みんないい人だから、趣旨を説明したら協力してくれるんじゃないかしら」

「それ、ナイス・アイディア！」

ママの言う通りだと鏡平は思った。何のための募金かを説明することで、施設から巣立つ子どもたちの現状を少しでも知ってもらうことができる。少し前の自分がそうだったように、児童養護施設がどういうところで、そこを出た子どもたちがどんな現実に直面するかなど、おそらくは知らない人がほとんどなのだ。そして、知らないがゆえに想像することもない。児童養護施設と聞いただけで、食べるものもないわびしい場所だと思う人だっていまだにいるかもしれない。実際には違うのに。勇希の仲間たちの話を聞く限り、今は物質的な面は充実してきていて、どちらかというと精神面のサポートのほうが必要に思えた。忙しい職員に代わって、もっと外部からの働きかけが必要なのかもしれなかった。

「じゃ、決まり。鏡ちゃん、募金についての説明書き、お願いね！」

「まかしといて」

それにしても……自立とはそもそも何なのか。

春香ママの店を出て、アパートまでの道を歩きながら鏡平は考えた。三人に取材する中で、鏡平は自立について、いやでも考えることになった。そして思ったのは、自立とは経済的に独り立ちすることだけを指すのではない、ということだった。経済面だけを取り上げて自立とするならば高収入のほうがよいということになる。それなら地道に昼間働くのはバカらしいということになってしまう。そうではなくて、自立とは、もっと自分自身の生き方や自分の内面とつながっているもののはずだった。

鏡平は「知らないことは知っていけばいいだけの話で、もっと大事なのは、自分がスゲーって思える人がいるかどうか」だと言った拓也の言葉を思い出した。拓也がそんなふうに考えるようになったのは、「ふと思い出して施設の職員に連絡をした」からかもしれない。そのとき、拓也は無意識のうちに環境に振り回されるだけの無力な状況を変えたいと思い、自分で行動を起こしたのだ。そして、それによって安定した就職先を手に入れた。それは、拓也が自分の意志に従って自分の責任で行動するという内的な自立の一歩を踏み出したためではなかったか。鏡平は思った。自立というのは、きっと自己責任で生きるということなのだ。それは自分の人生を自己決定していくことでもある。

　この間会ったとき、勇希は言っていた。「施設を出るときに就職先が決まっていても、職場が合わなくて半年以内に辞めるやつが多い」のだと。なぜ、そうなってしまうのか。それはもしかしたら、親に頼れず、アパートを借りる際の保証人もいないことが多い施設出身者の就職先として、職種よりも寮の有無が重視されるからかもしれない。確かに寮の存在は彼らにとってはありがたいだろうが、個性や能力面から就職先を見つけるのではなく、高卒OK・寮完備といった限られた枠の中から探さざるをえない現状——つまり自分の未来を自分の能力をベースに選択しづらい状況が、短い就業期間の一因なのではないだろうか。

とぼとぼと歩き、アパートにたどり着くと、鏡平は一階の集合ポストから郵便物を取り出した。と、そのとき目の隅に何か動くものがあった。よく見ると、猫だった。アパートの住人の誰かが世話をしているのだろう、地面に敷かれた毛布の上で、母親らしき猫が子猫に乳をやっている。子猫は夢中で母親の乳に吸いつき、小さな手でやわらかな乳を精いっぱい揉んでいた。鏡平はその様子をじっと眺めた。その瞬間、母猫が身構え、警戒の目を向ける。そこから一歩でも近づいたら承知しないからね、とでも言うような緊張感のある強い目だった。それに引き換え、子猫たちは鏡平のことなど気にもとめず、無心に乳を吸い続けていた。子猫にとって乳は命であり、母そのものなのだ。

人間も、こうやって自分という存在をまるごと受け入れてもらうことで相手との関係を築いていくんだろうな、と鏡平は思った。そして、その経験がその後の人生を生きる力になっていくのだ。

だとすれば、人生の初期に両親との愛着関係が築けなかったとしても、その後の人生で出会った人との関係によって、人は育ち直すことができるのではないだろうか。存在を否定された経験は深く心に傷を残すに違いないが、その傷は誰かとの安定した関係によって徐々に癒され、人への信頼を回復することができるのでは――。それには長い時間が必要となり、何度も失敗するかもしれない。けれど、だからといって最初からあきらめる必要などないはずだ。

鏡平はアパートの部屋に入ってからも、自立について考え続けた。自立とは自己責任で生きること。そのためには自分を肯定している感覚がベースにあることが大事だろう。自己肯定感が高ければ、たとえ失敗しても「ま、いっか」「何とかなる」と思えるだろう。そして、それによってもう一度立ち上がることができるはずだ。

そう考えると、就職というタイミングは大きなチャンスだと思えた。親もとを離れ、養護施設に入所したのが人生の第一ターニングポイントだとしたら、児童養護施設を退所して社会に出るときは第二のターニングポイントだ。その大事な節目で安定した人間関係が築けるかどうかは本人次第だが、彼らが少しでも社会に溶け込めるようにサポートすることなら自分にだって、できるのではないか。

料理教室の開催は、その一つだと鏡平は思った。

数週間後。鏡平の携帯電話に春香ママからのメールが入った。

〈お客さんからの寄付金が三万円近くになりました　お料理教室まずは決行！〉

その日の夜、さっそく「Ｂａｒ　ハルカ」に行くと、ママは満面の笑みで白い封筒を見せた。

「全部で二万九八〇〇円。これなら食材のほかに調理道具も買えちゃうわ」

「すごいね、さすが春香ママ」

「ふふ。鏡ちゃんのチラシが効果的だったのよ。あのチラシを見たお客さん、結構な割合でおつりのお金を募金箱に入れてってくれたもの」

鏡平の前に、銀杏のお通しを出しながら春香ママは言った。

「でもさ、春香さん、どうして今回のことにそんなに協力的なの？」

鏡平にはそれが素朴な疑問だった。

「えー、どうしてってて別に……」

鏡平は頭をかしげて春香ママの言葉の続きを待つ。

「別に理由はないけど。まあ、しいて言うなら共感できるから、かな。私も親との関係よくなかったしね。両親は小さい頃に離婚して母親に引き取られたんだけど、生活していくために母親は仕事ばっかりで、あんまりかまってもらえなかったのよね。忙しくてイライラした母には怒られてばっかり。今日学校でこんなことあったんだなんて会話、できる状況じゃなかったの。そりゃあ、女手ひとつで私を育てて短大まで行かせてもらったことには感謝してるわよ。でも、いちばん受け止めてもらいたい人に受け止めてもらえなかったっていう思いがあるのよね。こんなこと親には言えないし、だからこそ自分の中にずーっとあって、消えていかないのよ。だから最初に鏡ちゃんからシェアハウスの話を聞いたとき、その仕事やってほしいって思ったの」

少し照れたように自分のことを話す春香ママを見て、鏡平は頷いた。そして、

「おれもこの仕事、引き受けてよかったって思ってるんだ。実入りは少ないけど、カネだけじゃないんだよ、この仕事を通して知りえたことって」と言った。

「私も鏡ちゃんの話を聞いて、子どもの頃から自分の中にあった気持ちを思い出し

ちゃった。でもそうやって思い出すのっていいことだなって思ったの。いろんなことを経験して大人になっても、親との関係って昔のまま止まってるようなところってあるじゃない？　そこを見つめ直すいい機会になってる気がするのよね」

「そういう意味じゃ、施設を出る子どもたちに限ったことじゃないのかもね。自立を考えるって、世の中のすべての人に関わる問題だもんね」

鏡平の言葉に今度は春香ママが頷く。

「そうよね。自立っていうとつい経済的なことばかりに目を向けがちだけど、それより先にあるべきなのが、こころが自立することなのよね」

春香ママは胸のあたりを軽くたたいた。

「それって必要なときに『助けて』って言えることでもあるよね。誰にも頼らず一人で生きるなんてできるわけないんだし。そもそも助けを求めることはカッコ悪いことでも甘えたことでもなくて、ほんとは生きるためにメシを食うのと同じくらい自然なことなんだよな。ただ……」

鏡平はそこまで話すと、しばらく間を置き、言葉を継いだ。

「弱い立場にいる人って、助けを求めたくてもできないっていう状況はあるのかもしれないよね。自分で助けを求められるってことは、自分の置かれた状況をちゃんと理解していて、どこに求めればいいかの情報収集ができてるってことだから。誰もがそんな能力があるとは限らないわけだし」

親もとを離れて安定した人間関係の中で自我を育むのが難しい施設の子どもたちにとっては特に、と鏡平は思った。そして、

「だから料理教室なんだよね。退所する子どもらに教える料理っていうのは、その子たちが生活するための情報でしょ。情報って困ったときの選択肢になるんだよ。選択肢は少ないよりは多いほうが絶対いいに決まってる。だって、選択肢がたくさんあるってことは、それだけ未来がたくさんあるってことなんだから……」

珍しく熱く語る鏡平を見て、

「わかった！　つまり、ここのお料理教室に参加することで、ハンバーグにするか、カレーにするか、あるいは豚のしょうが焼きにするかっていう、未来の選択肢が増えるってわけね」と春香ママは笑った。

「そーいうこと！」

つられて笑いながら、鏡平はふと編集プロダクションでの仕事がいやになった理由がわかったような気がした。かつての自分には、未来の選択肢がなかったのだ。

自分にできること

「さあ、まずは私がやることをよーく見ててね」

エプロンをつけた春香ママが集まった子どもたちにそう言うと、慣れた手つきで玉ねぎのみじん切りを始める。

「玉ねぎをみじん切りにするときはね、こうやって繊維に沿って細かく切れ込みを入れておくの。そして今度は切れ込みと垂直に細かく切っていくと、ほらね、簡単にできちゃうでしょ」

「えー、知らなかった」

「魔法みたーい」

春香ママの手もとを食い入るように見ていた子どもたちが口々に言う。

この日、「Ｂａｒハルカ」の料理教室にやってきたのは、高校二年の瑠衣と、一年の紗理奈、そして中学三年の光次という三人の子どもたちだった。いずれも、かつて勇希がいた児童養護施設で暮らす子どもたちだ。三人は春香ママが用意したお揃いのエプロンと三角巾をつけ、ママの動きを興味深げに見つめている。

「じゃあ、今度は炒めるわよ」

みじん切りにした玉ねぎを、油を引いて熱したフライパンにさっと入れるとジュッと玉ねぎの焼ける音がした。

「こうやって玉ねぎを炒めるのは、玉ねぎの水分を飛ばして甘味を引き出すためなの。色がきつね色になるまでよーく炒めるのがポイントよ」

言いながら木じゃくしで焦げないように手早く混ぜるママ。それを見ていた紗理奈が、

「いいにおーい。早く食べたーい」

隣にいた瑠衣はすかさず、

「サリちゃん、ダメっしょー。つくってから食べるんだから！」

そんなやりとりに笑いつつ、春香ママはフライパンの火を止め、今度はひき肉を手でよく練る。

「こんなふうに指を広げてつかむようにして、よく練っておくときれいに焼けるの。さ、次は玉ねぎと混ぜるわよ。調味料もここで加えてね。で、最後はこうやって空気を抜いておくと焼いたときに形がくずれにくいのよ」

そう言うとママはボールの中の肉を四等分し、両手でポンポンとキャッチボールするようにして空気を抜く。

「おもしれー。おれ、きっとそれ得意」と光次。

「私がやって落しちゃったらどうしよう」と瑠衣。

「はい、じゃあ、ここまでをやってみて」

ママに促され、カウンターの調理スペースで玉ねぎを切り出す子どもたち。

「えーっと、最初どうするんだっけ?」

料理をつくるのはほぼ初めてだという光次に、春香ママは玉ねぎの皮のむき方を教える。そうしている間に隣の紗理奈が、

「ひえー、玉ねぎって目にしみるー」と涙をぬぐう。

すんなりとみじん切りが進まない子どもたちに、春香ママはもう一度お手本を見せた。何とか全員がハンバーグの原型をつくったら、今度はいよいよフライパンに油を引き、ハンバーグを蒸し焼きにする。

「火加減も大事だから覚えておいてね。最初は強火、そのあとは弱火。表面に焼き色がついたら弱火にしてふたをして焼くとおいしくできるのよー。さ、一人ずつやってみて」

ママに促され、銘々が手こねしたハンバーグをフライパンに置く。その瞬間、ジューッという音とともに、おいしそうな香りが店内に漂った。

続いてサラダをつくり、お皿にきれいに盛り付けすると、いよいよ試食タイム。

「あー、おいしい！」

「ほんとだー。中がふわふわしてる」

「もっと食いてえ。おかわり！」

口々に言いながら、あっという間に三人ともぺろりとハンバーグを平らげた。

その様子をそっと脇で見ていた鏡平は、来てくれた子どもたちと協力してくれた春香ママに心の中で感謝した。自分も紗理奈や瑠衣、光次と同様、料理を自分でつくることはほとんどない。でも、こうして手ほどきを受けながらみんなでつくり、つくったものをみんなで食べるのは、きっと楽しいことだろうと想像できた。ふだん施設の中で料理をつくることも、つくっているところを見る機会もほとんどない子どもたちだからこそ、この経験が未来のどこかで活きてほしいものだと鏡平は思った。

食事のあとは、片付けタイム。みんなで使った食器や調理道具を洗い、もとの場所にしまうまでが、料理教室のプログラムだ。

「料理をつくることはないけど、おれ、片付けなら、よくやってるよ」と光次。

その言葉どおり、三人は包丁の扱いに比べると片付け方は手際がよかった。瑠衣が洗ったものを光次が拭き、それを紗理奈が棚にしまう。おしゃべりしながらの連携プレイで片付けはあっという間に終わってしまった。

「ね、料理教室の第二弾、やったらまた来てくれる？」

店の隅でその様子を見ていた鏡平が、子どもたちに声をかけた。

「もっちろん！　あ、でも今度はおいしいカレーがいい。肉がいっぱい入ってるやつ！」

「もうコウちゃんったら食べることばっか。つくらなきゃ食べられないんだからねー」

と瑠衣が茶々を入れる。

そんなことなど気にもかけず、光次は言った。

「そーいえば、お兄さんって何してる人？」

「え？　おれ？　おれはしがないライター、ただの物書きだよ」

「へえー、ライターなんだー。カッコいいねー」と紗理奈。

「カッコよくなんかないよ。地味でビンボーで生活するのが精いっぱいで……」

言いながらハッとした。自分で人生をあきらめてるみたいなこと言ってちゃダメなんだ。言い直さなきゃ、と思ったとき、

「そんなことないよ！」

光次が言った。

「そーだよ、文章が書けるなんてカッコいいじゃん」

瑠衣も言った。

「そーだよ、そーだよ。私なんて昔から読書感想文とか作文とかチョー苦手だったんだから。そーだ、お兄さん、今度私らに作文の書き方教えてよ！」と紗理奈。

それに続くように瑠衣と光次が、

「そーだ、そーだ、教えてよ」

三人は鏡平（きょうへい）のまわりに集まると、教えてコールを繰（く）り返（かえ）した。

「えー、そんなあ。おれなんか教えられること、何にもないって……」

子どもたちに取り巻かれて弱り顔の鏡平を見て、カウンターの奥にいた春香（はるか）ママがくすくすと笑っている。


子どもたちが帰ったあと、静かになった店内で春香ママは言った。

「今度は買い物から一緒（いっしょ）に行くっていうのはどう？　食材を選ぶのも、お料理のうちだから」

「大賛成！　でも光次のやつはきっといっぱい買いすぎるから、目が離（はな）せないな」

「大丈夫よ。二人のしっかり者のお姉ちゃんがいるんだから」

二人は無料の料理教室をこれからも開いていきたいと考えていた。そのためには、費用を集める必要があった。どうやって寄付を募るか、その方法を考えたとき、鏡平は自分にできることがいろいろあることに気がついた。

たとえば、店に来る客に料理教室の意義を知らせるために、今日の結果をレポート風にまとめて店に置いておくのはどうだろう。あるいは、それをブログにして公開してもいいかもしれない。会社勤めのとき、たくさん学生や教授に取材して原稿をまとめてきた経験から、人に伝えるための文章にはそれなりの自信があった。その経験を今、ようやく活かせるのだ。

「おれさあ、さっきコウちゃんたちに作文の書き方教えてって言われるまで、ほんとに自分が人に教えられることなんかないって思ってたんだ。自分の中で教えるって特別なことっていう意識があったからさ。でも、そうじゃないのかもな。春香さんが料理を教えられるように、おれにもおれのやってきたことがあって、それを誰かのために役立てることって、できるのかもな」

仕事とは、本来そういうものなのかもしれない。鏡平は、瑠衣と紗理奈と光次から大切な何かを教えられたような気がしていた。

料理教室を終えてからしばらく経った頃、勇希から連絡があった。拓也と愛衣菜の協力のもと、シェアハウスづくりは順調に進んでいるらしい。

「和室の床と壁は、まあまあいい感じになってきましたよ。あとは水回り。工務店の先輩に手伝ってもらって、風呂とトイレを替えるつもりです。あ、よかったら、一度見にきませんか？」

「いいよ、じゃあ来週」

鏡平は勇希のために、共同生活をする上での規約をまとめてやるつもりだ。シェアハウスでの暮らしが少しでも心地よいものになるように。もちろん、そんなものがあっても、いろんな問題は起こるのだろう。人が集まればいろんなことが起こる。たとえば、入居する誰かが仕事を辞めてしまって家賃が払えないこともあるかもしれない。お互いに甘えが出て、ケンカみたいなことが起こるかもしれない。共有空間の掃除をどうするかで揉めるかもしれない。

施設の続きのような感覚でいると、やっていけないことはたくさんあるだろう。けれど、問題が起きるのは悪いことではない。その問題をきっかけに、またやり直せばいいだけのことだ。そして、そうやってぶち当たった壁を乗り越えることが、これからを生きる自信につながるのだ。

自分はそのためのサポートをしていこう、と鏡平は心に決めていた。たいしたことはできないかもしれないが、多少なりとも彼らを理解する一人として関わっていきたかった。


電話を切ったあと、鏡平は部屋のパソコンの電源を入れた。

今〃あること〃をしようとしているのだ。それは親もとを離れて育ち、一〇代から自立を余儀なくされる子どもたちの現状を、文章にまとめることだった。

数か月前まで、ほとんど何の知識もなかった社会的養護の現実。それは知れば知るほど、特別な世界の話ではなく、現代を生きる一人ひとりに関わりのある問題だった。だからこそ、働くことの意味や自立とは何かをシビアに見つめる宿命を背負った彼らから学んだことを、本として世に出したかった。

その本の中での彼らは、決して可哀想な存在ではない。働く意欲をもった若者たちだ。つらさや哀しみをたくさん経験し、人生を深く見つめる機会を与えられた若者たちだ。偏見が無知から生まれるのであれば、その偏見を解くきっかけに、自分がなってみたかった。そのためには、もっと相手を知らなければ、と鏡平は思った。

もっと深く、もっと――。

鏡平はもう一度、勇希に電話をかけた。

数度目のコール音のあと、勇希が電話に出る。

「あのさ、来週じゃなくて、もっと近いうちに時間とれないかな。おれ、勇希の話、もっと聞きたいんだ」

解題

つながっているという意識をもつ

家庭はあたたかいものだと、いったい誰が決めたのでしょう。親は子を守り、子は親の愛に包まれながら成長する、それは理想であって、すべての家庭に当てはまるわけではありません。にもかかわらず、世の中に流布される情報、特にコマーシャルの世界では、家庭を愛に満ちた場所だとして描きます。「おうちに帰ろう」「今日はママの日」「あったか家族」……。家庭で暮らすことのできない子どもの視点に立ったとき、そのどれもが残酷です。そのような表現が悪いというのではありません。そうではなく、家庭で暮らすことのできない子どももいることを、常に心にとめておきたいと思うのです。

厚生労働省の二〇一二年の資料「社会的養護の現状について」によれば、現在、約三万人の子どもが児童養護施設で育てられています。入所の理由は、五〇年ほど前は保護者の死亡や行方不明が四割を占めていましたが、最近では虐待や保護者の精神疾患、経済的理由が急増しています。なかでも虐待は、入所した子どもたちの半数以上が受けていると言われています。

心に傷を負い、親のもとで成長できない子どもたちにとって、社会の基本的なルールを身につける場所が児童養護施設であり、そこで働く職員は親代わりです。しかし、職員は交代制で勤務するため、子どもたちと常に一緒にいることができません。そんなことから、子どもたちは安心して心を許すことが難しいという声を聞きます。また、入所中は食事やゴミ出し、掃除など、日常の家事は基本的に職員が行うため、子どもたちは施設を出たあと、いきなりの自活につまずきがちだとも言われています。

本書で描いたように、児童養護施設は一八歳までしかいられず、高校を卒業あるいは中退すると、その時点で「働ける年齢になった」と見なされ、社会に出ることになります。しかし、家族というセーフティネットがなく、一〇代という早い時期に自立・自活を余儀なくされる子どもたちの多くは、安定した暮らしを手に入れるための知識を持たないことから、経済的にも精神的にも追い詰められがちです。一時的に身を寄せる実家があれば、たとえ体調を壊して休職することになったとしても、体が治るまでの間、休むことができますが、親に頼れない子どもたちは少しのブランクが明日の暮らしを直撃するのです。こうした問題に、どう向き合っていけばよいのでしょうか。

今回、社会的養護からの巣立ちをテーマに物語を書く中で、その巣立ちをサポートするNPO団体の方々に会い、お話をうかがいました。どの方も熱心で、この問題に愛情と情熱をもって真摯に向き合う姿が印象的でした。家庭に頼ることのできない子どもたちがこの方たちにつながることができれば救われるのでは、と何度も思いました。と同時に、世の中の大人がそんな活動をする人々の存在を知り、社会的養護の現実に目を向けることが大事であることを痛感しました。社会での孤立は、何も退所した子どもだけの問題ではなく、あらゆる世代で普通に起こりうることです。その意味で、この問題は自分とは違う、別の世界の話ではないはずです。

この本を読んだ人すべてにできること、それは難しいことではなく〝世の中で起こることは、どこかで自分とつながっている〟という感覚をもって、世間を見回すことかもしれません。
今回、「シェアライフ」を書くにあたって、NPO団体だけでなく、当事者の方々にもご協力いただきました。ご自身のことについて率直に語ってくださったお一人お一人に心からの感謝を申しあげます。

二〇一五年一月

冨部志保子

〈参考文献〉

『児童養護施設と被虐待児――施設内心理療法家からの提言』森田喜治著／創元社／二〇〇六年
『愛されなかった私たちが愛を知るまで』石川結貴・高橋亜美編著／かもがわ出版／二〇一三年
『エール』第1号・第2号／フェアスタートサポート／二〇一三年・二〇一四年

NPO法人モバイル・コミュニケーション・ファンドの活動について

NPO法人モバイル・コミュニケーション・ファンド（MCF）は、NTTドコモグループ創立10周年事業の一つとして、幅広く社会全体の利益に寄与することを目的に、2002年7月に設立されました。具体的には次の5事業を通じて、社会発展のサポートと社会貢献の実現に取り組んでいます。

❖ドコモ市民活動団体への助成

――「公募による市民活動団体への活動資金の助成事業」

「子どもを守る」「環境を守る」をキーワードにさまざまな取り組みをしている市民活動団体を対象として公募し、支援を行っています。

【選考委員】

《子ども分野》 島田晴雄氏（千葉商科大学学長）／奥谷禮子氏（株式会社ザ・アール代表取締役社長）／大竹美喜氏（アフラック創業者・最高顧問）

《環境分野》 武内和彦氏（東京大学国際高等研究所サステイナビリティ学連携研究機構機構長・教授）／辰巳菊子氏（公益社団法人日本消費生活アドバイザー・コンサルタント・相談員協会常任顧問）／小黒一三氏（株式会社トド・プレス代表取締役）

❖ドコモ・モバイル・サイエンス賞

――「移動通信・情報通信の研究開発等の業績に対する褒賞事業」

移動通信に関するすぐれた研究成果・論文に対して褒賞を実施することにより、わが国の移動通信分野の発展と若手研究者の育成に寄与するものです。

【選考委員】 羽鳥光俊氏（東京大学名誉教授、選考委員長）／青山友紀氏（慶應義塾大学理工学部訪問教授）／伊藤元重氏（東京大学大学院教授）／餌取章男氏（東京工科大学客員教授）／坂内正夫氏（独立行政法人情報通信研究機構理事長）／残間里江子氏（株式会社キャンディッド･コミュニケーションズ代表取締役会長）／須藤修氏（東京大学大学院情報学環長）／藤本浩志氏（早稲田大学教授）

❖ドコモ留学生奨学金

――「アジア諸国からの留学生に対する奨学金支給等の経済的支援事業」

アジア諸国からの私費留学生に対し経済的援助を行い、その学業成就に寄与することにより、アジア諸国との友好な関係を築く一助とするものです。

❖社会福祉協議会等への助成

――「地域福祉増進のための経済的助成事業」

地域に根ざした社会福祉活動を広く組織的に推進している団体に対して寄付を行い、豊かで健全な地域社会の形成、福祉の増進のための一助とするものです。

❖ドコモグループ寄付事業

――「ドコモグループを代表しての寄付活動」

ドコモグループ各社が実施する寄付・協賛のうち、グループとして一元的に行う意義のある「災害・人道支援」「海外文化交流支援」等について、MCFが取りまとめて実施するものです。

MCFドコモ市民活動団体（子ども分野）助成先一覧

★二〇一四年度（二〇一四年度における「ドコモ市民活動団体への助成事業（子ども分野）」応募申請時現在）

1 一般社団法人札幌YWCA／北海道札幌市／http://www.ywca.or.jp/˜ywca0037/home.htm
2 一般社団法人北海道助産師会／北海道札幌市／http://hokkaido-midwife.sakuraweb.com/
3 NPO法人石巻スポーツ振興サポートセンター／宮城県石巻市／http://www.i-support.or.jp
4 NPO法人夢ネットワーク／福島県伊達市／http://homepage3.nifty.com/fukushima/yume-network/
5 NPO法人盛岡ユースセンター／岩手県盛岡市／http://www.morioka-youthcenter.com
6 認定NPO法人発達支援研究センター／山形県山形市／http://www.cdss.jp
7 NPO法人日本こどものための委員会／東京都世田谷区／http://www.cfc-j.org
8 NPO法人Wing PRO／東京都八王子市／http://www.wingpro.jp/
9 NPO法人フリー・ザ・チルドレン・ジャパン／東京都世田谷区／http://www.ftcj.com
10 NPO法人朝日キャンプ／東京都新宿区／http://www.asahicamp.org/
11 認定NPO法人ブリッジフォースマイル／東京都千代田区／http://www.b4s.jp
12 NPO法人子どもと文化のNPO東村山子ども劇場／東京都東村山市／http://members2.jcom.home.ne.jp/hmy.kogeki/
13 一般社団法人GrowAsPeople／東京都荒川区／http://growaspeople.org
14 NPO法人日本語・教科学習支援ネット／神奈川県横浜市／http://nihongoshien.la.coocan.jp/nihongodaisuki/
15 NPO法人ひまわりの会／神奈川県横浜市／☎〇七〇－六九七二－一六六八
16 認定NPO法人コロンブスアカデミー／神奈川県横浜市／http://npocolumbus.or.jp
17 NPO法人ALサインプロジェクト／神奈川県藤沢市／http://www.alsign.org
18 認定NPO法人エンパワメントかながわ／神奈川県横浜市／http://npo-ek.org/
19 NPO法人スマイルクラブ／千葉県柏市／http://smile-club-npo.jp/
20 NPO法人ウィメンズネットらいず／茨城県水戸市／http://www.npo-rise.info/

㉑ＮＰＯ法人山梨県ひとり親家庭自立支援センターひとり親ネット／山梨県甲府市／http://hitorioyanet.com

㉒ＮＰＯ法人森のライフスタイル研究所／長野県伊那市／http://www.slow.gr.jp/

㉓ＮＰＯ法人ＮＰＯまんま／愛知県豊橋市／http://manmarizum.tou3.com/

㉔ＮＰＯ法人全国こども福祉センター／愛知県名古屋市／http://kodom0.jimdo.com/

㉕認定ＮＰＯ法人アレルギー支援ネットワーク／愛知県名古屋市／http://www.alle-net.com/

㉖ＮＰＯ法人スマイルベリー／静岡県浜松市／http://smileberry-hamakita.jimdo.com/

㉗ＮＰＯ法人三重のこころ／三重県伊賀市／http://mie-no-kokoro.com/

㉘ＮＰＯ法人ガイア自然学校／石川県金沢市／http://gaia-ns.com/web/

㉙ＮＰＯ法人キッズ&子育て応援隊MerryTime／大阪府箕面市／http://merrytime.jimdo.com/

㉚ＮＰＯ法人箕面こどもの森学園／大阪府箕面市／http://kodomono-mori.com/

㉛ＮＰＯ法人ふれあいネットひらかた／大阪府枚方市／http://www.shokuiku-station.com/

㉜一般社団法人こどものホスピスプロジェクト／大阪府大阪市／http://www.childrenshospice.jp

㉝ＮＰＯ法人関西こども文化協会／大阪府大阪市／http://kansaikodomo.com

㉞ＮＰＯ法人ｃｏｂｏｎ／大阪府大阪市／http://cobon.jp

㉟ＮＰＯ法人ここ／大阪府吹田市／http://ameblo.jp/koko-suita/

㊱ＮＰＯ法人八幡こども見守り隊／兵庫県姫路市／☎〇七九－二三六－五七七七

㊲ＮＰＯ法人女性と子ども支援センター ウィメンズネット・こうべ／兵庫県神戸市／http://wn-kobe.or.jp/

㊳ＮＰＯ法人北播磨生活応援団／兵庫県加東市／☎〇七九五－四二－五九八六

㊴ＮＰＯ法人恒河沙母親の会／京都府京都市／http://anyouji.es.land.to/wiki/

㊵ＮＰＯ法人あめんど／滋賀県大津市／http://www.eonet.ne.jp/~amendo/index.html

㊶ＮＰＯ法人電子自治体アドバイザークラブ／奈良県奈良市／http://eaac.sakura.ne.jp/

㊷ＮＰＯ法人ホッとるーむふくやま／広島県福山市／http://ww52.tiki.ne.jp/~soseisha/hotroom/

㊸ＮＰＯ法人こどもステーション山口／山口県山口市／http://blog.canpan.info/kodomo_s_y/

44 ＮＰＯ法人こども未来ネットワーク／鳥取県倉吉市／http://kodomomirai.kirara.st/

45 ＮＰＯ法人子育てネットひまわり／香川県高松市／http://himawarinet.c.ooco.jp/

46 ＮＰＯ法人四国ブロックフリースクール研究会／香川県高松市／http://www.furiken.jp/

47 ＮＰＯ法人せかい卵／長崎県南松浦郡／http://www.world-egg.jp

48 ＮＰＯ法人まど／大分県中津市／http://www.npo-mado.net

49 ＮＰＯ法人よつ葉の会／宮崎県串間市／☎〇九八七－七二－五六七七

50 ＮＰＯ法人Ｒｉｎかごしま／鹿児島県姶良市／http://rinkagoshima.com/

51 ＮＰＯ法人子育てふれあいグループ自然花／鹿児島県枕崎市／http://jinenka.jp

★二〇一三年度（二〇一三年度における「ドコモ市民活動団体への助成事業（子ども分野）」応募申請時現在）

1 社会福祉法人はるにれの里／北海道石狩市／http://www.harunire.or.jp/

2 ＮＰＯ法人北海道学習障害児・者親の会クローバー／北海道札幌市／http://www.ld-clover.info/

3 一般社団法人ＡＩＳプランニング／北海道札幌市／http://ais-p.jp/

4 ＮＰＯ法人アクアゆめクラブ／宮城県宮城郡／http://www.k3.dion.ne.jp/~aquayume/

5 ＮＰＯ法人パンダハウスを育てる会／福島県福島市／http://www.pandahouse.org/

6 ＮＰＯ法人チャイルド・ケアリング・アソシエーション／東京都調布市／http://www.npo-cca.org/

7 ＮＰＯ法人科学宅配塾／東京都千代田区／http://www.science-communication.or.jp/

8 公益財団法人がんの子どもを守る会／東京都台東区／http://www.ccaj-found.or.jp/

9 認定ＮＰＯ法人シャイン・オン・キッズ／東京都中央区／http://www.sokids.org/ja/

10 ＮＰＯ法人プレーパークせたがや／東京都世田谷区／http://www.playpark.jp/

11 一般社団法人ソーシャル・アーティスト・ネットワーク／東京都千代田区／http://www.socialartists.net/

12 ＮＰＯ法人ワーカーズコープ／東京都豊島区／http://sky.geocities.jp/thedeers20091101/

13 ＮＰＯ法人日本語・教科学習支援ネット／神奈川県横浜市／http://nihongoshien.la.coocan.jp/nihongodaisuki/

14 ＮＰＯ法人フェアスタートサポート／神奈川県横浜市／http://fair-start.co.jp/

15 ＮＰＯ法人湘南市民メディアネットワーク／神奈川県藤沢市／http://scmn.info/

16 ＮＰＯ法人ミニシティ・プラス／神奈川県横浜市／http://minicity-plus.jp/

17 ＮＰＯ法人ダイバーシティ工房／千葉県市川市／http://www.st-plus.org/

18 ＮＰＯ法人ＭｉＫＯねっと／埼玉県三郷市／☎〇四八－九五九－五〇〇三

19 ＮＰＯ法人子育て支援あげお／埼玉県上尾市／☎〇九〇－七七〇三－九七三六

20 認定ＮＰＯ法人さいたまＮＰＯセンター／埼玉県さいたま市／http://www.sa-npo.org/

21 ＮＰＯ法人子育て応援隊むぎぐみ／埼玉県さいたま市／http://www.mugigumi.or.jp/

22 認定ＮＰＯ法人サバイバルネット・ライフ／栃木県小山市／http://www.survivalnetlife.org/

23 ＮＰＯ法人ホワイトベル／群馬県高崎市／http://www.npo-whitebell.jp/

24 ＮＰＯ法人子どもサポート上田／長野県上田市／http://kodomospu.web.fc2.com/

25 宗教法人日本聖公会中部教区 名古屋学生青年センター／愛知県名古屋市／http://www.nyc-chubu.org/

26 ＮＰＯ法人PROUD LIFE／愛知県名古屋市／http://www.proudlife.org/

27 ＮＰＯ法人浜松カウンセリングセンター／静岡県浜松市／http://hamamatukaunseringu.web.fc2.com/

28 ＮＰＯ法人音楽の架け橋メセナ静岡／静岡県静岡市／http://www3.hp-ez.com/hp/mesenashizuoka/

29 ＮＰＯ法人子ども環境劇団ＰＡＦ／静岡県浜松市／http://paf55.com/

30 ＮＰＯ法人山県楽しいプロジェクト／岐阜県山県市／http://heartland.geocities.jp/kabasfam/

31 ＮＰＯ法人クローバ／岐阜県岐阜市／http://www.npoclover.com/

32 ＮＰＯ法人わくわくネット・はくい／石川県羽咋市／http://wakuwakunethakui.web.fc2.com/

33 ＮＰＯ法人市民活動サポートセンターとやま／富山県富山市／http://b-cast.org/

34 ＮＰＯ法人チャイルド・リソース・センター／大阪府大阪市／http://homepage3.nifty.com/childrc/

35 ＮＰＯ法人新森清水学童クラブ／大阪府大阪市／http://www.eonet.ne.jp/~gakudou/

36 ＮＰＯ法人ＳＥＩＮ／大阪府堺市／http://www.npo-sein.org/

37 NPO法人えんぱわめんと堺／ES／大阪府堺市／http://www.npo-es.org/

38 NPO法人いばらき自立支援センター／大阪府茨木市／http://popongapon.com/

39 NPO法人ダッシュ／大阪府和泉市／http://dash-npo.org/

40 NPO法人ママの働き方応援隊／兵庫県神戸市／http://mamahata.net/

41 NPO法人ファザーリング・ジャパン関西／兵庫県宝塚市／http://fjkansai.jp/

42 NPO法人日本足育プロジェクト協会／奈良県大和郡山市／http://ashiikuproject.cloud-line.com/

43 NPO法人岡山県自閉症児を育てる会／岡山県赤磐市／http://ww3.tiki.ne.jp/~teppey/sodaterukai.htm

44 NPO法人オレンジハート／岡山県岡山市／http://www.orange-heart.org/

45 NPO法人松江サードプレイス研究会／島根県松江市／http://matsue-3rdplace.jp/

46 NPO法人たびびと／高知県高知市／http://www.tabibito.or.jp/

47 一般社団法人ACTくまもと／熊本県熊本市／http://act-kumamoto.org/

48 NPO法人ドロップインセンター／宮崎県宮崎市／http://www.drop-in.or.jp/

49 NPO法人MIYAZAKIうづらaiクラブ／宮崎県宮崎市／http://www.m-udura.com/

50 NPO法人四季の会／鹿児島県姶良市／http://www.shikinokai.com/

51 NPO法人石川・宮森630会／沖縄県うるま市／http://ishikawamiyamori630kai.cloud-line.com/

★二〇一二年度（二〇一二年度における「ドコモ市民活動団体への助成事業」応募申請時現在）

1 NPO法人障がい児の積極的な活動を支援する会にわとりクラブ／北海道札幌市／☎〇一一－六四二－二三九四／http://homepage3.nifty.com/ikemaze-nitatoriclub/4.htm/

2 NPO法人北海道自由が丘学園・ともに人間教育をすすめる会／北海道札幌市／☎〇一一－八五八－一七一一／http://www.hokjioka.net/

3 一般財団法人花の家／北海道伊達市／☎〇一四二－二五－九七九〇

4 NPO法人アクティブ／宮城県仙台市／☎〇二二－三五二－五六六五／http://activeday.web.fc2.com/

5 NPO World Open Heart／宮城県仙台市／☎〇二二－三九八〇－七一二九／http://www.worldopenheart.com/

6 NPO法人シニア人財倶楽部／福島県いわき市／☎〇二四六－八八－六五〇一／http://www.npo-s-jinzai.jp/

7 NPO法人アジェンダやまがた／山形県山形市／☎〇二三－六七九－四〇四五／http://nanoka.info/

8 NPO日本子どもソーシャルワーク協会／東京都世田谷区／☎〇三－五七二七－二一三三／http://www.jcsw.jp/

9 NPO法人ワーカーズ風ぐるま／東京都国分寺市／☎〇四二－三〇〇－三六六三

10 NPO法人ウイズアイ／東京都清瀬市／☎〇四二－四五二－九七六五／http://www.blbhome.com/~kiyosei/

11 日本家族カウンセリング協会／東京都杉並区／☎〇三－三三一六－一九五五／http://www.j-f-c-a.org/

12 NPO法人保育サービスぽてと／東京都練馬区／☎〇三－五八四八－二二三九／http://www.potato.or.jp/

13 一般社団法人知ろう小児医療守ろう子ども達の会／東京都杉並区／☎〇九〇－三五〇六－一四九一／http://shirouiryo.com/

14 NPO法人日本こどもの安全教育総合研究所／東京都文京区／☎〇三－三七九二－四一〇一／http://www.kodomoanzen.org/

15 NPO法人医療ネットワーク支援センター／東京都渋谷区／☎〇三－六四三八－二八五二／http://www.medical-bank.org/

16 NPO法人日本トラウマ・サバイバーズ・ユニオン／東京都港区／☎〇三－六八〇九－六一七五／http://www.just.or.jp/

17 NPO法人えこお／東京都文京区／☎〇三－三八一六－二一二六／http://www.npo-echo,org/

18 NPO法人国際朗読ことば協会／東京都千代田区／☎〇八〇－五四二一－三〇六五／http://www.kageyama.jp/

19 NPO法人ピープウ・ラボ／神奈川県横浜市／☎〇四五－四六一－九五三三／http://www.pipu-labo.sactown.jp/

20 NPO法人鎌倉てらこや／神奈川県鎌倉市／☎〇四六七－六〇－四六六八／http://kamakura-terakoya.net/

21 NPO法人千葉自然学校／千葉県千葉市／☎〇四三－二二七－七一〇三／http://www.chiba-ns.net/info.html/

22 NPO法人いちかわ市民文化ネットワーク／千葉県市川市／☎〇四七－三三九－七八〇九／http://www.ichibun.net/

23 NPO法人花の森こども園／埼玉県秩父郡／☎〇四九四－六二－四五四五／http://hanamorien.exblog.jp/

24 NPO法人鶴ヶ島市学童保育の会／埼玉県鶴ヶ島市／☎〇四九－二八六－四四八三／http://www.k2.dion.ne.jp/~turugaku/

25 NPO法人KHJとちぎベリー会／栃木県宇都宮市／☎〇九〇－一八四六－四〇〇四／http://khj-tochigiberry.net/

26 NPO法人侍学園スクオーラ・今人／長野県上田市／☎〇二六八－三八－〇〇六三／http://www.samugaku.com/

27 NPO法人日本冒険教育協会／愛知県東海市／☎〇五六九－八四－七八七八／http://jaea-net.com/

28 NPO法人こどもサポートクラブ東海／愛知県犬山市／☎〇五六八－六八－〇九三二／http://www.kodomo-support-tokai.org/

29 NPO法人チャイルドラインあいち／愛知県名古屋市／☎〇五二－八二二－二八〇一／http://cl-aichi.net/

30 NPO法人子育て応援ネットワークドレミ／静岡県沼津市／☎〇五五－九二六－四〇四一／http://www.kosodate-ouen.net/

31 NPO法人リプロダクティブヘルス研究会／静岡県静岡市／☎〇五四－二九六－〇七七六／http://www15.ocn.ne.jp/~shishunk/annnai.htm/

32 NPO法人臨床心理オフィスBeサポート／静岡県焼津市／☎〇五五－九二五－一七〇一／http://www.giocities.jp/be_sapo/

33 NPO法人グラウンドワーク三島／静岡県三島市／☎〇五五－九八三－〇一三六／http://www.gwmishima.jp/

34 NPO法人コミュニケーションパートナーズ291／福井県敦賀市／☎〇九〇－七〇八〇－二六〇五／http://daisuki.weblike.jp/npo/

35 NPO法人暴力防止情報スペース・APIS／大阪府大阪市／☎〇六－六九二四－五五五一／http://www.apis-npo.org/

36 社会福祉法人大阪キリスト教女子青年福祉会／大阪府大阪市／☎〇六－六八七二－〇五〇五／http://www.ywcasharon.jp/

37 NPO法人ユース・ラボ21／大阪府高槻市／☎〇七二－六七三－八一五六／http://homepage3.nifty.com/yl-21/

38 NPO法人寝屋川市国際交流協会／大阪府寝屋川市／☎〇七二－八一一－五九三五／http://niefa.or.jp/

39 NPO法人ノーベル／大阪府大阪市／☎〇六－六九四〇－四一三〇／http://nponobel.jp/

40 NPO法人学童保育むぎっ子／兵庫県神戸市／☎〇七八－八〇一－六七八四／http://www.mugikko.jp/

41 NPO法人緑の森自然キャンプ協会／兵庫県神戸市／☎〇七八－三三四－七三二六／http://gnca.jp/index.html/

42 NPO法人たんご村／京都府宮津市／☎〇七七二－二〇－二〇一九／http://tango.moo.jp/m/npo/

43 NPO法人山科醍醐こどものひろば／京都府京都市／☎〇七五－五九一－〇八七七／http://www.kodohiro.com/

44 NPO法人子育てを楽しむ会／京都府宇治市／☎〇七七四－四四－二八〇九／http://www.ujikko.net/ujikosodate/

45 NPO法人奈良県自閉症協会／奈良県大和郡／☎〇七四三－五五－二七六三／http://www.eonet.ne.jp/~asn/

46 NPO法人フリマドンナ／広島県福山市／☎〇九〇－八七一四－六三三〇／http://www.furimadonna.com/

47 NPO法人子ども劇場笠岡センター／岡山県笠岡市／☎〇八六五－六三－四九五五／http://www.kcv.ne.jp/~kodomo1/

48 NPO法人たけやり子ども発達研究所／岡山県赤磐市／☎〇八六－九五五－七七四四／https://sites.google.com/site/tzlabo2/

49 NPO法人さぬきっずコムシアター／香川県丸亀市／☎〇八七七－二五－〇六九一／http://www.sanukids-com.com/
50 NPO法人どんぐり王国／愛媛県西予市／☎〇九〇－四九七二－九六一〇
51 NPO法人日本セラピューティック・ケア協会／福岡県太宰府市／☎〇九二－九二八－一五四六／http://therapy-care.net/
52 NPO法人エー・ビー・シー野外教育センター／大分県大分市／☎〇九七－五三四－二四四〇
53 NPO法人小さな絆／鹿児島県鹿児島市／☎〇九九－二六七－二九三二
54 NPO法人薩摩ROCK・CLUB／鹿児島県鹿児島市／☎〇九九－二二六－三三二一／http://satsuma-rock.com/
55 NPO法人いちごいち笑～明日香の家族／鹿児島県日置市／☎〇九九－二七三－三六五八／http://www.npoichigoichie.or.jp/

★二〇一一年度（二〇一一年度における「ドコモ市民活動団体への助成事業」応募申請時現在）

1 NPO法人深川市舞台芸術交流協会／北海道深川市／☎〇一六四－二三－〇三二〇／http://www2.plala.or.jp/f_mirai/
2 NPO法人フリースクール札幌自由が丘学園／北海道札幌市／☎〇一一－七四三－一二六七／http://www.sapporo-jg.com/
3 NPO法人ほっぷの森／宮城県仙台市／☎〇二二－七九七－八八〇一／http://www.hop-miyagi.org/
4 NPO法人まごころサービス福島センター／福島県福島市／☎〇二四－五九二－二二七〇／http://npomagokoro.web.com/
5 NPO法人寺子屋方丈舎／福島県会津若松市／☎〇二四二－三二－六〇九〇／http://www6.ocn.ne.jp/~houjyou/
6 NPO法人マン・パワー／青森県三沢市／☎〇一七六－五七－二三三二／http://www.npo-mp.com/
7 NPO法人NPO推進青森会議／青森県青森市／☎〇一七－七七四－五五九五／http://www.npo-aomori.jp/
8 NPO法人弘前こどもコミュニティ・ぴーぷる／青森県弘前市／☎〇一七二－三四－〇一七一／http://www4.ocn.ne.jp/~hicope/
9 NPO法人サポート唯／山形県山形市／☎〇二三－六四六－〇〇八五／http://www7.plala.or.jp/saporyui/yui.index.html/
10 NPO法人オリーブ芸術療法研究所／東京都八王子市／☎〇四二－六七八－二二七六／http://olive-zoukei.com/
11 NPO法人自立支援グループマーチ／東京都江戸川区／☎〇三－五六六二－八一七三／http://www.geocities.jp/musicmarch1212/
12 NPO法人ふるーる／東京都江戸川区／☎〇三－六八〇八－四六三〇／http://www.fleurs2009.com/
13 NPO法人登校拒否・不登校を考える全国ネットワーク／東京都北区／☎〇三－三九〇六－五六一四／http://www.futoko-net.org/
14 NPO法人科学宅配塾／東京都千代田区／☎〇三－五二一七－〇二五〇／http://www.science-communication.or.jp/

⑮公益財団法人東京ＹＷＣＡ／東京都千代田区／☎〇三－三二一九－二五六五／http://www.tokyo.ywca.or.jp/woman/

⑯ＮＰＯ法人難民支援協会／東京都新宿区／☎〇三－五三七九－六〇〇一／http://www.refugee.or.jp/

⑰ＮＰＯ法人放課後ＮＰＯアフタースクール／東京都港区／☎〇三－三五八八－一八二八／http://www.npoafterschool.org/

⑱ＮＰＯ法人スクール・セクシュアル・ハラスメント防止関東ネットワーク／東京都中野区／☎〇三－五三二八－三二六一／http://www.voluntary.jp/weblog/myblog/207/

⑲ＮＰＯ法人パペレッタ・カンパニー／東京都練馬区／☎〇三－三八二五－〇八〇一／http://www.pupperetta.com/

⑳ＮＰＯ法人ＦｏＥ ＪＡＰＡＮ／東京都豊島区／☎〇三－六九〇七－七二一七／http://www.foejapan.org/

㉑ＮＰＯ法人鶴見川流域ネットワーキング／神奈川県横浜市／☎〇四五－五四六－四三三七／http://www.tr-net.gr.jp/

㉒ＮＰＯ法人多文化共生教育ネットワークかながわ／神奈川県横浜市／☎〇五〇－一五一二－〇七八三／http://www15.plala.or.jp/tabunka/index.htm/

㉓ＮＰＯ法人沙羅の会カウンセリングハウス／神奈川県横浜市／☎〇四五－九八二－七三三七／http://sara-ch.com/

㉔ＮＰＯ法人Creative Movement & Dance ゆうゆう／神奈川県相模原市／☎〇九〇－四四三八－四〇五八／http://youyou-canvas.jugem.jp/

㉕ＮＰＯ法人エンパワメントかながわ／神奈川県横浜市／☎〇四五－三一三－一八一八／http://www15.ocn.ne.jp/~empkng/index.html/

㉖ＮＰＯ法人彩星学舎／埼玉県さいたま市／☎〇四八－八八四－一二三四／http://saisei.jp/

㉗ＮＰＯ法人宇都宮子ども劇場／栃木県宇都宮市／☎〇二八－六一四－三三五二／http://www.ukg.jp/

㉘ＮＰＯ法人未来の風／長野県松本市／☎〇二六三－二五－八六九〇／http://mirainokaze.web.fc2.com/

㉙ＮＰＯ法人ゆずりは学園／愛知県田原市／☎〇五三一－二二－三五一五／http://www.yuzuriha-gakuen.com/

㉚ＮＰＯ法人みらいっこ／愛知県大府市／☎五六二－四四－〇七七四

㉛ＮＰＯ法人安城まちの学校／愛知県安城市／☎〇五六六－七六－九九〇〇／http://anjo-mg.jp/

㉜ＮＰＯ法人なじみのふるさと／岐阜県岐阜市／☎〇五八－二四五－五一二〇／http://www.najiminofurusato.com/

㉝ＮＰＯ法人ＮＰＯ ＫＥＮちゃんハウス／岐阜県大垣市／☎〇五八四－九一－六八六二／http://nadenade.jp/

34 NPO法人命のバトン／福井県福井市／☎〇九〇－三二九五－三八〇三／http://www.heartlife-fukui.com/

35 NPO法人Jelly Beans／福井県敦賀市／☎〇七七〇－四七－五六八八／http://www.jerry-b.net/

36 NPO法人子どもと遊びを育むまちづくりプロジェクトKid'sぽけっと／大阪府大阪市／☎〇六－六三五六－〇三四五

37 NPO法人法人チャイルド・ケモ・ハウス／大阪府茨木市／☎〇七二－六四六－七〇七三／http://www.kemohouse.jp/

38 NPO法人フリースクールみなも／大阪府大阪市／☎〇六－六八八一－〇八〇三／http://homepage2.nifty.com/freeschool_minamo/

39 NPO法人兵庫県若者らの自立を考える連絡会／兵庫県姫路市／☎〇七九－二七八－〇五九一／http://himawari-aboshi.com/

40 NPO法人関西ブラジル人コミュニティCBK／兵庫県神戸市／☎〇七八－二二二－五三五〇／http://www16.ocn.ne.jp/~cbk.bras/

41 NPO法人さんぴぃす／兵庫県芦屋市／☎〇七九七－二二－八八九六／http://sanps.com/

42 NPO法人こころ・あんしんLight／兵庫県尼崎市／☎〇八〇－五七一六－二九八二／http://www5.ocn.ne.jp/~koala/

43 NPO法人支援機器普及促進協会／京都府長岡京市／☎〇五〇－三六三二－〇九八一／http://npo-atds.org/

44 NPO法人こどもアート／京都府京都市／☎〇七五－七七七－五一四〇／http://asonabi.exblog.jp/

45 NPO法人広島県手話通訳問題研究会／広島県広島市／☎〇八二－五六八－六七七〇／http://homepage2.nifty.com/hirotsu-ken/

46 NPO法人人・ふれあい・ひろば／岡山県岡山市／☎〇九〇－五二六〇－二〇八一／http://www.hito-fureai-hiroba.info/

47 NPO法人四国ブロック フリースクール研究会／香川県高松市／☎〇九〇－七六二三－六四九六／http://ww81.tiki.ne.jp/~furiken/

48 NPO法人郷の元気／徳島県勝浦郡／☎〇八八五－四六－〇六七六／http://satonogenki.net/

49 NPO法人障がい者の自立を考える会 ほし／福岡県糟屋郡／☎〇五〇－一五〇一－六七四九

50 NPO法人くるめSTP／福岡県久留米市／☎〇八〇－六四三九－一四〇四／http://kurume-stp.org/

51 NPO法人子どもと文化のネットワーク ぽっぽ・わーるど／佐賀県鳥栖市／☎〇九四二－八三－七四一五／http://http://http://www.poppocafe.com/

52 NPO法人人間関係アプローチ宮崎きらきら／宮崎県宮崎市／☎〇九八五－二八－一七七七／http://www.kirakira.fromc.jp/

★二〇一〇年度（二〇一〇年度における「ドコモ市民活動団体への助成事業」応募申請時現在）

1 NPO法人ふれあい広場タンポポのはら／北海道石狩市／☎〇一三三－七三－九〇五六／http://www.tanpoponohara.jp/

2 NPO法人コミュニティちゃばたけ／福島県伊達郡／☎〇二四－五六六－三六〇一

3 NPO法人ウィメンズネット青森／青森県青森市／☎〇一七－七五二－〇八〇七／http//www.ne.jp/asahi/womensnet-aomori/sakura/

4 NPO法人国際自然大学校／東京都狛江市／☎〇三－三四八九－六五八二／http://www.nots.gr.jp/

5 NPO法人NPO研修・情報センター／東京都国分寺市／☎〇四二－二〇八－三三二〇／http://www2u.biglobe.ne.jp/~TRC/

6 NPO法人みんなのおうち／東京都新宿区／☎〇三－三二〇四－〇九一六／http://www.ouchi.tumiki-mori.com/

7 NPO法人日本バリアフリー協会／東京都千代田区／☎〇三－五二一五－一四八五／http://www.npojba.org/

8 NPO法人フリースクール全国ネットワーク／東京都北区／☎〇三－五九二四－〇五二五／http://www.freeschoolnetwork.jp/

9 NPO法人パペレッタ・カンパニー／東京都練馬区／☎〇三－三八二五－〇八〇一／http://www.puperetta.com/

10 NPO法人子どもアミーゴ西東京／東京都西東京市／☎〇五〇－三六八二－八九七五／http://www.kodomoamigo.org/

11 NPO法人ⅠamOK の会／東京都練馬区／☎〇三－三九二九－八一三五／http://iamok.seesaa.net/

12 社会福祉法人子供の家 自立援助ホーム あすなろ荘／東京都清瀬市／☎〇四二－四九二－四六三二

13 NPO法人のういくネットワーク／東京都豊島区／☎〇五〇－三六五六－七九八四／http://nouiku.net/

14 NPO法人CAPかながわ／神奈川県横浜市／☎〇四五－七三〇－三三三五／http://www1a.biglobe.ne.jp/capkngw/

15 NPO法人エンパワメントかながわ／神奈川県横浜市／☎〇四五－三三三－一八一八／http://www15.ocn.ne.jp/~empkng/

16 NPO法人ピコピコ／神奈川県大和市／☎〇四六－二四〇－〇一〇一／http://pico-pico.org/

17 NPO法人楠の木学園／神奈川県横浜市／☎〇四五－四七三－七八八〇／http://home.netyou.jp/gg/kusunoki/

18 NPO法人ぐらす・かわさき／神奈川県川崎市／☎〇四四－九二二－四九一七／http://www.grassk.org/

19 NPO法人日本エデュテイメントカレッジ／千葉県浦安市／☎〇四七－三八二－一五四四／http://www.edutainmentcollege.org/

20 NPO法人子ども文化ステーション／埼玉県さいたま市／☎〇四八－六五三－〇四〇七／http://www.npo.lsnet.ne.jp/kodomobunka/

21 NPO法人グリーンウッド自然体験教育センター／長野県下伊那郡／☎〇二六〇－二五－二八五一／http://www.greenwood.or.jp/

22 NPO法人ぱーむぼいす／長野県下高井郡／☎〇二六九－六七－〇四一五／http://www9.plala.or.jp/palm-voice/index.html/

23 NPO法人子どもサポート上田／長野県上田市／☎〇二六八－二六－六五二一／http://kodomospu.web.fc2.com/

24 NPO法人国際フリースクールーCAN／新潟県上越市／☎〇二五－五二四－〇一七三／http://www.freeschoolican.com/

㉕ＮＰＯ法人越後妻有里山協働機構／新潟県十日町市／☎〇二五－五九七－三七七〇／http://www.echigo-tsumari.jp/

㉖ＮＰＯ法人ぷくぷくばるーん／愛知県名古屋市／☎〇九〇－五一〇五－四八二三／http://pupu-b.jp/

㉗財団法人名古屋キリスト教女子青年会／愛知県名古屋市／☎〇五二－九六一－七七〇七／http://www.nagoya-ymca.or.jp/

㉘ＮＰＯ法人Well-Being／愛知県一宮市／☎〇五八六－二三－二五一一／http://www.npo-wellbeing.jp/

㉙ＮＰＯ法人ひだまりの丘／愛知県名古屋市／☎〇五二－四八三－三五三八／http://www.npo-hidamari.org/

㉚ＮＰＯ法人岐阜ソーシャルワークアソシエーション／岐阜県岐阜市／☎〇五八－二四〇－二六六〇／http://gsa-net.com/

㉛ＮＰＯ法人三重県子どもＮＰＯサポートセンター／三重県津市／☎〇五九－二三二－〇二七〇／http://mie-kodomo-npo.org/

㉜地域法人地縁団体 名泉郷区 名泉郷住みよい街を創る会／福井県あわら市／☎〇七七六－七五－一二〇四

㉝ＮＰＯ法人全日本メンタルカウンセラー協会／福井県福井市／☎〇七七六－三三－五一二二／http//www.ajmca.net/

㉞ＮＰＯ法人子育てネットくるみの会／大阪府枚方市／☎〇七二－八〇七－四七〇四／http://npo-kurumi.net/

㉟財団法人大阪キリスト教青年会／大阪府大阪市／☎〇六－六四四一－〇九八八／http://osakaymca.or.jp/education/index.html/

㊱ＮＰＯ法人みゅうの会／大阪府大阪市／☎〇六－六七九三－七四六九

㊲ＮＰＯ法人アジア子供支援フジワーク基金／大阪府高槻市／☎〇七二－六八六－五七五一／http://www.asia-kids.or.jp/

㊳ＮＰＯ法人チャイルド・ケモ・ハウス／大阪府茨木市／☎〇八〇－六一四八－一一〇八／http://www.kemohouse.jp/index.html/

㊴ＮＰＯ法人児童虐待防止協会／大阪府大阪市／☎〇六－六七六二－四八五八

㊵ＮＰＯ法人子どもデザイン教室／大阪府大阪市／☎〇六－六六九八－四三五一／http://www.c0d0e.com/

㊶ＮＰＯ法人ペッツ・フォー・ライフ・ジャパン／兵庫県西宮市／☎〇七九八－五七－三七一七／http://www.pflj.org/

㊷ＮＰＯ法人環境21の会／兵庫県明石市／☎〇七八－九一四－八五二七／http://www.kankyo21.org/

㊸ＮＰＯ法人わだち／兵庫県神戸市／☎〇七八－五七九－八三一〇

㊹ＮＰＯ法人日本アニマルセラピー普及協議会／兵庫県加古郡／☎〇七九－四九六－二二一七／http://www.rapport-dog.com/

㊺ＮＰＯ法人彦根育成会／滋賀県彦根市／☎〇七四九－二四－八六二四

㊻ＮＰＯ法人おかやま犯罪被害者サポート・ファミリーズ／岡山県岡山市／☎〇八六－二二六－七七四四／http://www17.ocn.ne.jp/~families/

47 社団法人ハーモニィカレッジ／鳥取県八頭郡／☎〇八五八－八四－三四一五／http://harmony-college.or.jp/

48 ＮＰＯ法人カンガルーの会／高知県吾川郡／☎〇八八－八九三－六一三七

49 ＮＰＯ法人フリースクール阿波風月庵／徳島県徳島市／☎〇八八－六六六－〇一七八／http://www6.ocn.ne.jp/~kazetuki/index.html/

50 ＮＰＯ法人にじいろキャップ／福岡県三潴郡／☎〇九四二－三九－七三一五／http://www.niji-cap.html.tv/top.htm/

51 ＮＰＯ法人たらふく館／佐賀県藤津郡／☎〇九五四－六七－九一一七／http://www18.ocn.ne.jp/~tarafuku/

52 ＮＰＯ法人フリースペースふきのとう／長崎県佐世保市／☎〇九五六－二五－六二二二／http://www15.ocn.ne.jp/~furispe/

53 ＮＰＯ法人Ｌｏｒｄ・祝／大分県佐伯市／☎〇八〇－五六〇九－七一五〇／http://hafuri.web.fc2.com/

54 ＮＰＯ法人大淀川流域ネットワーク／宮崎県宮崎市／☎〇九八五－二〇－二三七七／http://www.oyodo-river.org/

★二〇〇九年度（二〇〇九年度における「ドコモ市民活動団体への助成事業」応募申請時現在）

1 ＮＰＯ法人北海道ＮＰＯサポートセンター／北海道札幌市／☎〇一一－二〇四－六五二三／http://npo.dosanko.org/

2 ＮＰＯ法人ワーカーズ・コレクティブちいさなおうち／北海道札幌市／☎〇一一－六六七－六五三三／http://members3.jcom.home.ne.jp/chiisanaouchi.nishino.sapporo/

3 ＮＰＯ法人いわて子育てネット／岩手県盛岡市／☎〇一九－六五二－二九一〇／http://www.iwate-kosodate.net/

4 ＮＰＯ法人こども総合研究所／山形県上山市／☎〇二三－六七六－七七七五

5 ＮＰＯ法人大仙親と子の総合支援センター／秋田県大仙市／☎〇一八七－六二－二三二六

6 ＮＰＯ法人病気の子ども支援ネット遊びのボランティア／東京都江東区／☎〇八〇－五五二七－四三七九／http://www.hospitalasobivol.jp/

7 ＮＰＯ法人生きるちからＶＩＶＡＣＥ／東京都大田区／☎〇三－三七二一－五六四四／http://www.ikiruchikara.org/

8 ＮＰＯ法人たんぽぽの会／東京都目黒区／☎〇三－五七二二－一八五八

9 ＮＰＯ法人女性ネットＳａｙａ－Ｓａｙａ／東京都荒川区／☎〇三－五八五〇－五二四三／http://www.7.plala.or.jp/saya-saya/

10 ＮＰＯ法人エンパワメントかながわ／神奈川県横浜市／☎〇四五－三二三－一八一八／http://www15.ocn.ne.jp/~empkng/

11 ＮＰＯ法人法人よこはま言友会／神奈川県横須賀市／☎〇四五－七三一－二三八九／http://www.yokohama-genyukai.jp/

12 NPO法人神奈川子ども未来ファンド／神奈川県横浜市／☎〇四五−二二二−五八二五／http://www.kodomofund.com/

13 NPO法人教育支援三アイの会／千葉県柏市／☎〇四−七一六二−二一三〇／http://www.geocities.jp/kashiwa_kosodate/

14 NPO法人子どもの環境を守る会Jワールド／千葉県松戸市／☎〇四七−三四四−〇五四四／http://www.kosodate-hiroba.com/

15 NPO法人しゃぼん玉の会／埼玉県桶川市／☎〇四八−七八六−九二六一

16 社会福祉法人児童養護施設 同仁学院／埼玉県日高市／☎〇四二−九八九−一二一七／http://www7.ocn.ne.jp/~doujin/

17 NPO法人教育ルネッサンス／埼玉県川越市／☎〇四九−二二八−二一二二／http://krs.1npo.org/

18 NPO法人越谷らるご／埼玉県越谷市／☎〇四八−九七〇−八八八一／http://k-largo.org/

19 NPO法人越谷エヌピーオーセンター／埼玉県越谷市／☎〇四八−九六三−五六五四／http://homepage3.nifty.com/knpo/

20 NPO法人ウィメンズネット「らいず」／茨城県水戸市／☎〇二九−二二一−七二四二／http://www.npo-rise.info/

21 NPO法人サバイバルネット・ライフ／栃木県小山市／☎〇二八五−二四−五一九二

22 NPO法人尾瀬なでしこの会／群馬県沼田市／☎〇二七八−二二−〇七〇五／http://www.oze-nadesiko.com/

23 NPO法人リンケージ／群馬県高崎市／☎〇九〇−六〇四五−九七九九／http://www.npo-linkage.net/

24 NPO法人健康サポートプラス／新潟県村上市／☎〇二五四−六二−二九五一

25 NPO法人犬山市民活動支援センターの会／愛知県犬山市／☎〇五六八−六一−七七一〇／http://www.inuyama-shimintei.com/

26 NPO法人愛西児童老人ふれあい館／愛知県愛西市／☎〇五六七−二八−三五七一

27 NPO法人静岡パソコンサポートアクティビティ／静岡県田方郡／☎〇五五−九七〇−四一四四／http://izunokuni.net/

28 NPO法人泉京・垂井／岐阜県不破郡／☎〇五八四−二三−〇九五七／http://www.sento-tarui-blog.cocolog-nifty.com/blog/

29 NPO法人21世紀の子育てを考える会 鈴鹿／三重県鈴鹿市／☎〇九〇−一四一五−三七四九／http://www.muniel.com/swimmy/

30 NPO法人ワンネススクール／石川県白山市／☎〇七六−二七四−七六七六／http://www.viplt.ne.jp/RHAALB4V/

31 NPO法人子どもの権利支援センターぱれっと／富山県射水市／☎〇八〇−三〇四一−九五六九／http://www.toyamav.net/~smile/

32 NPO法人はなしのぶ／大阪府大阪市／☎〇六−六九二七−九六七七／http://blogs.yahoo.co.jp/hanasinobu2006/

33 医療法人聖心会／大阪府大阪市／☎〇六−六三七〇−〇〇三三／http://www.shimizu-clinic.in/

34 NPO法人プール・ボランティア／大阪府大阪市／☎〇六−四七九四−八二九九／http://www.pool-npo.or.jp/

35 NPO法人情報通信倫理機構／大阪府大阪市／☎〇六－六五三三－一七〇一

36 NPO法人心ざわざわ／兵庫県神戸市／☎〇七八－九八七－二〇三六／http://kokorozawazawa.org/

37 NPO法人こどもコミュニティケア／兵庫県神戸市／☎〇七八－七八四－五三三三／http://blog.canpan.info/kodomo/

38 NPO法人女性と子どものエンパワメント関西／兵庫県宝塚市／☎〇七九七－七一－〇八一〇／http://www.osk.3web.ne.jp/~videodoc/

39 NPO法人ピュアコスモ／兵庫県神戸市／☎〇七八－八〇二－四一三九／http://~h_hfpdd/index.html/

40 NPO法人子どもの心理療法支援会／京都府京都市／☎〇七五－六〇〇－三三三八／http://sacp.jp/index.html/

41 NPO法人子育て研究会／滋賀県栗東市／☎〇七七－五五三－五一五九／http://www.fmc-pair.jp/

42 NPO法人奈良デイジーの会／奈良県橿原市／☎〇七四四－二二－二二二二／http://www.gsk.org/

43 財団法人たんぽぽの家／奈良県奈良市／☎〇七四二－四三－七〇五五／http://popo.or.jp/

44 社団法人奈良県歯科衛生士会／奈良県奈良市／☎〇七四二－二四－八〇二〇

45 NPO法人子どもコミュニティネットひろしま／広島県広島市／☎〇八二－五一一－〇〇〇四／http://www.kodomo-net.jp/

46 NPO法人ふれあいサポートちゃてぃず／岡山県備前市／☎〇八六九－七二－九〇八八／http://npochatys.web.fc2.com/

47 NPO法人支えてねットワーク／山口県山口市／☎〇八三－九八四－四六六八

48 NPO法人たびびと／高知県高知市／☎〇八〇－三一六八－八八二四／http://www4.ocn.ne.jp/~go-park/

49 NPO法人高知こどもの図書館／高知県高知市／☎〇八八－八二〇－八二五〇／http://www.i-kochi.or.jp/hp/kodomonotoshokan/

50 NPO法人スペースdeGUN2(ぐんぐん)／福岡県糟屋郡／☎〇九二－九三五－〇七四四／http://www.npo-sp-gun2.com/

51 NPO法人フリースクール風の里／福岡県行橋市／☎〇九三〇－二五－三九四〇

52 NPO法人ITサポートさが／佐賀県佐賀市／☎〇九五二－四〇－二〇〇三／http://kodomo2.osaga.net/

53 NPO法人メンタルケア鹿児島／鹿児島県鹿児島市／☎〇九九－二二三－八一三七／http://www.mc-k.org/

54 NPO法人いちごいち笑～明日香の家族～／鹿児島県日置市／☎〇九九－二七三－三六五八／http://www.npoichigoichie.or.jp/

55 NPO法人かごしま体験館／鹿児島県姶良郡／☎〇九九五－六五－〇七九八／http://www15.ocn.ne.jp/~nposizen/

★二〇〇八年度（二〇〇八年度における「ドコモ市民活動団体への助成事業」応募申請時現在）

1 NPO法人子育て支援ワーカーズ プチトマト／北海道札幌市／☎〇一一－七〇六－一一五二／http://petitomato.i-cis.com/

2 NPO法人岩手県青少年自立支援センター「ポランの広場」／岩手県盛岡市／☎〇一九－六〇五－八六三二／http://homepage3.nifty.com/poran/

3 NPO法人ビーンズふくしま／福島県福島市／☎〇二四－五四四－一九八四／http://www.k5.dion.ne.jp/~beans-f/

4 NPO法人東京英語いのちの電話／東京都港区／☎〇三－三四九八－〇二六一／http://www.telljp.com/

5 財団法人東京YMCA／東京都新宿区／☎〇三－五九八八－七八三二／http://tokyo.ymca.or.jp/

6 NPO法人日本障害者スキー連盟／東京都板橋区／☎〇三－三五五四－三八一〇／http://www.sajd.com/

7 NPO法人女性ネットSaya-Saya／東京都荒川区／☎〇三－五八五〇－五二四三

8 NPO法人でんでん子ども応援隊／東京都北区／☎〇三－三九〇五－二三五五／http://blogs.yahoo.co.jp/dendenroom/

9 NPO法人アダプティブワールド／東京都稲城市／☎〇四二－三七七－二一四九／http://www.adaptiveworld.org/

10 NPO法人バリアフリーセンター 福祉ネット「ナナの家」／東京都狛江市／☎〇三－五四三八－二七七三／http://www006.upp.so-net.ne.jp/net7/

11 NPO法人TEEN SPOST／東京都町田市／☎〇四二－七二〇－〇三三二／http://www.teenspost.jp/

12 NPO法人神奈川子ども未来ファンド／神奈川県横浜市／☎〇四五－二一二－五八二五／http://www.kodomofund.com/

13 NPO法人こども応援ネットワーク／神奈川県横浜市／☎〇四五－九四八－四八七七／http://www.kodomo-ouen.net/

14 NPO法人セカンドスペース／千葉県市川市／☎〇四七－三二二－一二五七／http://www.secondspace.jp/

15 NPO法人教育支援三アイの会／千葉県柏市／☎〇四－七一六二－二一三〇／http://sky.geocities.jp/kashiwa_kosodate/

16 NPO法人土浦環境保全の会／茨城県土浦市／☎〇二九－八四三－一六二〇

17 NPO法人手をさしのべて／群馬県高崎市／☎〇九〇－四五二一－七三七一／http://www4.ocn.ne.jp/~tewo/

18 NPO法人きりゅう女性支援グループいぶき／群馬県桐生市／☎〇二七七－四三－五四九二

19 NPO法人いのちと平和の森／長野県松本市／☎〇二六－二三九－七五五五／http://www.forest-of-life-and-peace.com/

20 NPO法人グリーンウッド自然体験教育センター／長野県下伊那郡／☎〇二六〇－二五－二八五一／http://www.greenwood.or.jp/

21 NPO法人あんじゃネット大鹿 子供くらぶバンビ／長野県下伊那郡／☎〇二六五－三九－二三一八

22 NPO法人さんわ・ささえあい／新潟県上越市／☎〇二五－五三二－四一三三

23 NPO法人ラマモンソレイユ／愛知県名古屋市／☎〇五二－六五二－六九一七／http://www.h2.dion.ne.jp/~soleil/

24 NPO法人外国人就労支援センター／愛知県豊橋市／☎〇五三二－六一－一二〇六／http://www.geocities.jp/shuroshien/

25 NPO法人手しごと屋豊橋／愛知県豊橋市／☎〇五三二－二六－〇〇八四／http://teshigotoya.ath.cx/

26 NPO法人アレルギー支援ネットワーク／愛知県岡崎市／☎〇七〇－六五三三－六七二三／http://www.alle-net.com/

27 NPO法人e-Lnchu／静岡県焼津市／☎〇五四－六二六－一二〇〇／http://www.npoelunch.jp/

28 NPO法人北陸救急災害医療機構／富山県富山市／☎〇七六－四三四－七七八六／http://www.redmo.jp/hp/HEDMO-P.htm/

29 NPO法人福寿草の郷／石川県加賀市／☎〇七六一－七八－二五一五

30 NPO法人チャイルズ／大阪府大阪市／☎〇六－六八八六－一二〇〇／http://webchilds.com/

31 NPO法人国民の暮らしを考える会 Klala（クララ）／大阪府大阪市／☎〇六－六七〇五－〇八一一／http://www.oct.zaq.ne.jp/klala/

32 NPO法人しんぐるまざあず・ふぉーらむ・関西／大阪府大阪市／☎〇六－六六三四－七三三六／http://smf-kansai.main.jp/

33 NPO法人こえとことばとこころの部屋／大阪府大阪市／☎〇六－六六三六－一六一二／http://www.kanayo-net.com/cocoroom/

34 NPO法人アスロン／兵庫県神戸市／☎〇七八－八四六－二〇〇五／http://www.athlon.jp/

35 NPO法人ファーム／京都府長岡京市／☎〇八〇－三七六四－五八八三

36 財団法人奈良市生涯学習財団／奈良県奈良市／☎〇七四二－二六－五六〇〇／http://manabunara.jp/

37 NPO法人Big Brothers and Sisters Movement 21 School／和歌山県紀の川市／☎〇七三－四六一－〇六〇一／http://www.geocities.jp/bbs21school/

38 NPO法人こども夢未来プロジェクト／岡山県岡山市／☎〇八六－二五六－二六八二／http://www.kodomo-yumemirai.com/

39 NPO法人タップ／岡山県岡山市／☎〇八六－二六五－三三五二

40 NPO法人ハート・アート・おかやま／岡山県岡山市／☎〇五〇－三一〇三－四二八九／http://www.artlinkcenter.net/

41 NPO法人エム・ジー・ビー／岡山県勝田郡／☎〇九〇－三六三六－五六八七

42 NPO法人子どもセンターぽちぽち／鳥取県鳥取市／☎〇八五七－二八－二六六六

43 NPO法人TIES 21 えひめ／愛媛県松山市／☎〇八九－九五六－二二三二／http://www.ties21ehime.jp/

44 NPO法人ユニバーサルクリエート／愛媛県松山市／☎〇八九－九〇五－一五六七／http://ameblo.jp/enmusubi-xmas/

45 NPO法人フリースクール阿波風月庵／徳島県徳島市／☎〇八八－六六六－〇一七八／http://www6.ocn.ne.jp/~kazetuki/

46 NPO法人徳島メンタルヘルス協会／徳島県徳島市／☎〇八八－六五六－六三七七

47 NPO法人GREEN'S（グリーンズ）／福岡県福岡市／☎〇九二－八四六－七〇〇一／http://www.geocities.jp/npogreens/

48 NPO法人劇団道化／福岡県太宰府市／☎〇九二－九二二－九七三八／http://www.douke.co.jp/

49 NPO法人こどもの教育／熊本県熊本市／☎〇九六－三五七－五一四五／http://npo-efc.net/

50 NPO法人－OBスポーツ推進事業団／熊本県熊本市／☎〇九六－二四五－五六六〇／http://www.h4.dion.ne.jp/~iob/

51 社会福祉法人カリタスの園 竹の寮／宮崎県宮崎市／☎〇九八五－二九－三二四一／http://www.m-caritas.jp/

★二〇〇七年度（二〇〇七年度における「ドコモ市民活動団体への助成事業」応募申請時現在）

1 NPO法人とむての森／北海道北見市／☎〇一五七－三二－八七一五／http://www12.plala.or.jp/tomute/

2 NPO法人NATURAS／北海道函館市／☎〇一三八－四六－二〇二七／http://naturas.okoshi-yasu.net/

3 NPO法人フォルダ／岩手県北上市／☎〇一九七－六三－二三五九／http://folder.kitakamicity.com/top/top.htm/

4 NPO法人笹舟／宮城県仙台市／☎〇二二－二二三－八五四六／http://sasabune.xrea.jp/

5 NPO法人エッジ／東京都港区／☎〇三－六二四〇－〇六七〇／http://www.npo-edge.jp/

6 NPO法人東京英語いのちの電話／東京都港区／☎〇三－三四九八－〇二六一／http://www.telljp.com/

7 NPO法人フリースペース タンポポ／東京都品川区／☎〇三－六二七八－七五七七／http://www.counseling.ne.jp/freespace/

8 NPO法人東京自閉症センター 高機能自閉症・アスペルガー部会／東京都新宿区／☎〇三－三二三二－六一六九／http://www.autism.jp/

9 社会福祉法人世田谷ボランティア協会／東京都世田谷区／☎〇三－五七一二－五一〇一／http://www.otagaisama.or.jp/

10 NPO法人不登校情報センター／東京都葛飾区／☎〇三－三六五四－〇一八一／http://www.futoko.co.jp/

11 NPO法人全国女性シェルターネット／東京都国立市／☎〇四二－五七六－〇〇〇二

12 NPO法人神奈川子ども未来ファンド／神奈川県横浜市／☎〇四五－二一二－五八二五／http://www.kodomofund.com/

13 モトスミ・オズ通り商店街振興組合／神奈川県川崎市／☎〇四四－四一一－五九六一／http://www.oz-doori.com/

14 有限責任中間法人KAMAKURAアットHOUSE／神奈川県鎌倉市／☎〇四六七－二四－六二〇二／http://www.jack-bean.jp/

15 NPO法人ネモ ちば不登校・ひきこもりネットワーク／千葉県千葉市／☎〇九〇－六五一三－八四五三／http://nponemo.net/

16 NPO法人子ども文化ステーション／埼玉県さいたま市／☎〇四八－六五三－〇四〇七／http://www.npo.lsnet.ne.jp/kodomobunka/

17 NPO法人越谷らるご／埼玉県越谷市／☎〇四八－九七〇－八八八一／http://k-largo.org/

18 NPO法人チャイルドラインとちぎ／栃木県宇都宮市／☎〇二八－六一四－三二五三／http://www.ukg.jp/cl/

19 NPO法人シーヤクラブ／群馬県渋川市／☎〇二七九－二二－二九三六／http://www15.plala.or.jp/seeya/

20 NPO法人雪の都GO雪共和国／新潟県中魚沼郡／☎〇二五－七六五－二〇四〇／http://www.go-setsu.com/

21 NPO法人いのちをバトンタッチする会／愛知県名古屋市／☎〇五二－五八一－八六八六／http://hm7.aitai.ne.jp/~inochi-b/

22 NPO法人アスクネット／愛知県名古屋市／☎〇五二－八八一－四三四九／http://ask-net.jp/

23 NPO法人アスペ・エルデの会／愛知県名古屋市／☎〇五二－五〇五－五〇〇〇／http://www.as-japan.jp/

24 NPO法人りあらいず／岐阜県郡上市／☎〇五七五－六五－五四一六

25 NPO法人MIEチャイルドラインセンター／三重県津市／☎〇五九－二三二－八一七二

26 NPO法人ケーネット知楽市／石川県金沢市／☎〇七六－二六七－四七四二／http://www.chirakuichi.com/

27 NPO法人新森清水学童クラブ／大阪府大阪市／☎〇六－六九五三－八九五二／http://www.h4.dion.ne.jp/~gakudou/index.htm/

28 NPO法人みらいず／大阪府大阪市／☎〇六－六六八三－五五三三／http://www.me-rise.com/

29 NPO法人ロックス／大阪府大阪市／☎〇六－六七〇五－三一六九／http://www.jj-rocks.com/

30 NPO法人ラマモンソレイユ／大阪府大阪市／☎〇六－六三五九－九五九五／http://www.h2.dion.ne.jp/~soleil/

31 NPO法人北摂こども文化協会／大阪府池田市／☎〇七二－七六一－九二三八／http://www.wombat.zaq.ne.jp/auajw204/hcca/

32 NPO法人女性と子ども支援センターウィメンズネット・こうべ／兵庫県神戸市／☎〇七八－七三四－一三〇八／http://

homepage1.nifty.com/womens-net-kobe/

[33] NPO法人はらっぱ／兵庫県西宮市／☎〇七九八－二二－三五六一／http://hccweb1.bai.ne.jp/npo-harappa/

[34] NPO法人C・U・P／兵庫県宝塚市／☎〇七九七－七六－五五〇三／http://npo-cup.org/

[35] NPO法人山科醍醐こどものひろば／京都府京都市／☎〇七五－五九一－〇八七七／http://www.kodohiro.com/

[36] NPO法人子育ち・子育てサポート　きらきらクラブ／滋賀県高島市／☎〇七四〇－二二－〇三八一／http://www1.rcn.ne.jp/~kirakira/

[37] 財団法人奈良市生涯学習財団／奈良県奈良市／☎〇七四二－二六－五六〇〇／http://manabunara.jp/

[38] NPO法人こども・あんぜん・めーる・ぷらぽ／岡山県岡山市／☎〇八六－九四四－六五六六／http://www.private-police.net/

[39] NPO法人リ☆スタート／岡山県岡山市／☎〇八〇－六三〇九－三八五四／http://restart.ecweb.jp/

[40] NPO法人山口女性サポートネットワーク／山口県宇部市／☎〇八三六－四一－〇三二九／http://www.dv-net.jp/

[41] NPO法人下関市自閉症・発達障害者支援センター　シンフォニーネット／山口県下関市／☎〇八三二－二三－五三六〇／http://sympho.jp/

[42] NPO法人音楽療法NPOムジカトゥッティ／香川県坂出市／☎〇八七七－四六－九七九七／http://blog.canpan.info/musicatutti/

[43] 社団法人家庭問題情報センター（FPIC）福岡ファミリー相談室／福岡県中央区／☎〇九二－七三四－六五七三

[44] NPO法人家庭保育園わんぱくハウス／福岡県北九州市／☎〇九三－六一九－一三五七／http://www1.bbiq.jp/npo-wanpaku/

[45] NPO法人市民生活支援センター　ふくしの家／佐賀県佐賀市／☎〇九五二－三六－六八六五

[46] NPO法人大分教育支援協会／大分県大分市／〇九七－五四六－四七四五／http://www.oct-net.ne.jp/~funai-gn/oesatop.html

[47] NPO法人ふるさと元気ネット／宮崎県児湯郡／☎〇九八三－三五－一一九二／http://www.furusatogenkinet.com/

[48] NPO法人エコ・リンク・アソシエーション／鹿児島県南さつま市／☎〇九〇－五八〇二－九二九二／http://eco-link.jp/

[49] 社団法人沖縄県里親会／沖縄県那覇市／☎〇九八－八八二－五七〇九

★二〇〇六年度（二〇〇六年度における「ドコモ市民活動団体への助成事業」応募申請時現在）

[1] NPO法人夢の樹オホーツク／北海道網走市／☎〇一五二－六一－五二三二／http://www.tekipaki.jp/~yumenoki/

2 NPO法人チャイルドラインさっぽろ／北海道札幌市／☎〇一一-二七二-三七五五／http://www.community.sapporocdc.jp/comsup/cls/

3 NPO法人北海道自由が丘学園・ともに人間教育をすすめる会／北海道札幌市／☎〇一一-八五八-一七一一／http://www12.plala.or.jp/hokjioka/

4 NPO法人生活支援センターガッテン須賀川／福島県須賀川市／☎〇二四八-七五-〇七四四

5 NPO法人チャイルドラインみやぎ／宮城県仙台市／☎〇二二-二七九-七二一〇／http://www2.ocn.ne.jp/~clmiyagi/

6 NPO法人ちばMDエコネット／千葉県船橋市／☎〇四七-四二六-八八二五／http://www.mdeconet-cit.org/

7 NPO法人風の子会かつしか風の子クラブ／東京都葛飾区／☎〇三-三六〇〇-〇七〇一／http://www.geocities.co.jp/NeverLand/8375/

8 NPO法人越谷NPOセンター／埼玉県越谷市／☎〇四八-九六三-五六五四／http://homepage3.nifty.com/knpo/

9 NPO法人住民安全ネットワークジャパン／新潟県長岡市／☎〇二五八-三九-一六五六／http://jmjp.jp/

10 NPO法人教育サポートセンターNIRE人／東京都品川区／☎〇三-三七八四-〇四五〇／http://nire.m78.com/

11 NPO法人里親子支援のアン基金プロジェクト／東京都板橋区／☎〇三-三九六二-五二一四／http://members.jcom.home.ne.jp/ankikin/

12 NPO法人フリースクール全国ネットワーク人／東京都北区／☎〇三-五九二四-〇五二五／http://www.freeschoolnetwork.jp/

13 NPO法人らんふぁんぷらざ／神奈川県川崎市／☎〇四四-五四二-六三一五／http://www.lenfant-plaza.com/

14 NPO法人びーのびーの／神奈川県横浜市／☎〇四五-五四〇-七四二〇／http://www.bi-no.org/

15 NPO法人児童生徒教育支援協会／長野県松本市／☎〇二六三-二五-三〇一一／http://npo-jsks.hp.infoseek.co.jp/

16 NPO法人チャイルドラインむさしの／東京都稲城市／☎〇四二-三七七-三四〇八

17 NPO法人恵み野会／千葉県富里市／☎〇四七六-九一-三五四四

18 NPO法人自閉症児・者との共生ネットワーク・アシタバ／茨城県日立市／☎〇二九四-二五-〇七五五

19 NPO法人ラポールの会／群馬県藤岡市／☎〇二七四-二四-八三二〇／http://www15.ocn.ne.jp/~rapport/

20 NPO法人アスペ・エルデの会／愛知県名古屋市／☎〇五二-五〇五-五〇〇〇／http://as-japan.jp/j/

21 NPO法人魅惑的倶楽部（エキゾチッククラブ）／静岡県浜松市／☎〇七〇－五四四六－二九九〇／http://www.exotic-club.jp/

22 NPO法人クリエイティブサポートLet's／静岡県浜松市江／☎〇五三－四二五－八八〇一／http://homepage2.nifty.com/lets-arsnova/

23 NPO法人21世紀の子育てを考える会 鈴鹿／三重県鈴鹿市／☎〇九〇－一四一五－三七四九／http://www.munieru.com/swimmy/

24 NPO法人静岡パソコンサポートアクティビティ／静岡県田方郡／☎〇五五－九七〇－四一四四／http://izunokuni.net/

25 NPO法人福井県子どもNPOセンター／福井県福井市／☎〇七七六－三〇－〇九一一／http://www8.ocn.ne.jp/~childnpo/

26 NPO法人フリースクールみなも／大阪府大阪市北区／☎〇六－六三六五－七七〇五／http://www.fs-minamo.jp/

27 NPO法人児童虐待防止協会／大阪府大阪市中央区／☎〇六－六七六二－四八五八／http://www.apca.jp/

28 NPO法人C・U・P／兵庫県宝塚市／☎〇七九七－八三－二二六二／http://npo-cup.org/

29 NPO法人FLC安心とつながりのコミュニティづくりネットワーク／大阪府大阪市／〇六－六三五四－八一五六／http://www.annshinn.com/

30 NPO法人関西こども文化協会／大阪府大阪市／☎〇六－六四六〇－一六二一／http://www.kansaikodomo.com/

31 NPO法人被害者加害者対話支援センター／大阪府大阪市／☎〇六－六三一六－一一一八／http://www.vom.jp/

32 NPO法人キララ／兵庫県西宮市／☎〇七九八－七五－六六六二／http://www.npokirala.jp/

33 NPO法人ぴっぴ／兵庫県神戸市／☎〇七八－九九二－一九〇〇／http://hoikuroompippi.hp.infoseek.co.jp/

34 NPO法人SOSキンダードルフ・ジャパン／滋賀県大津市／☎〇七七－五四四－七二〇九／http://www.geocities.jp/kodomo_mura2004/

35 NPO法人関西青少年自立支援センターNOLA／奈良県吉野郡／☎〇七四六－三五－七六五六／http://www.nola1.com/

36 NPO法人さんかくナビ／岡山県岡山市／☎〇八六－八〇一－五〇七三／http://www.ne.jp/asahi/sankaku/navi/

37 NPO法人おかやま犯罪被害者サポート・ファミリーズ／岡山県岡山市／☎〇八六－二二六－七七四四／http://www17.ocn.ne.jp/~families/

38 NPO法人子どもネットワーク可部／広島県広島市／☎〇八二－八一五－一五三〇／http://www.konetkabe.npo-jp.net/

39 NPO法人子ども劇場岡山県センター／岡山県岡山市／☎〇八六－二三三－一七三一／http://ww3.tiki.ne.jp/~k-g-okayama/

40 NPO法人YCスタジオ／島根県松江市／☎〇八五二－二五－九五九二／http://ycs.or.jp/
41 NPO法人守ってあげ隊／愛媛県新居浜市／☎〇八九七－四三－六三五二／http://www.nbn.ne.jp/~ob-1/mamotteagetai.html/
42 NPO法人ひかり／愛媛県松山市／☎〇八九－九七七－四四一二／http://www2.plala.or.jp/hikari/
43 NPO法人かごしま保健医療福祉サービスを考える会／鹿児島県鹿児島市／☎〇九九－二六一－一二〇五／http://www.a-kangaeru.jp/
44 NPO法人アジア女性センター／福岡県福岡市／☎〇九二－五一三－七三三三／http://www1.plala.or.jp/AWCenter/
45 NPO法人自閉症くらし応援舎TOUCH／福岡県福岡市／☎〇九二－六三二－八一五〇／http://www.npotouch.jp/
46 NPO法人麻姑の手村／鹿児島県鹿児島市／☎〇九九－二六八－一一九八／http://www11.ocn.ne.jp/~mac-mura/
47 NPO法人女性エンパワーメントセンター福岡／福岡県福岡市／☎〇九二－七三八－〇一三八／http://www.geocities.jp/empower_f/
48 NPO法人きらり水源村／熊本県菊池市／☎〇九六八－二三－四〇一一／http://www.suigen.org/
49 NPO法人かごしまGIS・GPS技術研究所／鹿児島県鹿児島市／☎〇九九－二八五－八六九〇／http://www.kinggt.org/

★二〇〇五年度（二〇〇五年度における「ドコモ市民活動団体への助成事業」応募申請時現在）

1 NPO法人駆け込みシェルター釧路／北海道釧路市／☎〇一五四－三二－七七〇四／http://www6.marimo.or.jp/hot946/
2 NPO法人かかわり教室／北海道札幌市／☎〇一一－六一一－六六三六／http://park15.wakwak.com/~mama/
3 NPO法人ウィメンズネット青森／青森県青森市／☎〇一七－七四三－〇七九七
4 ぷらっとほーむ／山形県山形市／☎〇二三六－八四－九〇二三／http://www11.plala.or.jp/plathome/
5 こひつじる〜む／宮城県仙台市／☎〇二二－二四九－〇〇四六／http://happy.ap.teacup.com/mamasirokodoniwa/
6 NPO法人非行克服支援センター／東京都新宿区／☎〇三－五三四八－六九九六／http://ojd.npgo.jp/
7 NPO法人チャイルドライン支援センター／東京都港区／☎〇三－五七七〇－七五〇七／http://www.childline.or.jp/
8 NPO法人風の子会 かつしか風の子クラブ人／東京都葛飾区／☎〇三－三六〇〇－〇七〇一／http://www.geocities.co.jp/NeverLand/8375/
9 NPO法人NPOプランニング∞ 遊／東京都杉並区／☎〇三－六七六二－八七九〇／http://members3.jcom.home.ne.jp/planning-

yu01/

10 NPO法人セカンドスペース八王子支部「まてりあ」／東京都八王子市／☎〇四二六－六二一－八七〇八

11 NPO法人国境なき子どもたち（KnK）／東京都新宿区／☎〇三－六二七九－一一二六／http://www.knk.or.jp/

12 NPO法人日本子育てアドバイザー協会／東京都渋谷区／☎〇三－六四一五－八二七二／http://www.kosodate.gr.jp/

13 NPO法人血液患者コミュニティももの木／東京都世田谷区／☎〇七〇－六一九三－八七四六／http://plaza.umin.ac.jp/~momo/

14 地球市民交流会（通称GCI）／東京都墨田区／☎〇三－三八九五－四三九二／http://gci.npgo.jp/

15 NPO法人スクール・セクシュアル・ハラスメント防止関東ネットワーク／東京都中野区／☎〇三－五三二八－三二六一／http://www.geocities.jp/sshpkanto/

16 NPO法人 good!／東京都板橋区／☎〇三－三九七三－一六三一／http://www.geocities.jp/gdwcp/

17 NPO法人よこはまチャイルドライン／神奈川県横浜市／☎〇四五－三四二一－〇二五五／http://homepage3.nifty.com/yokohama-childline/

18 NPO法人フリースペースたまりば／神奈川県川崎市／☎〇四四－八三三－七五六二／http://home.b05.itscom.net/tama/npo/

19 NPO法人アンガージュマン・よこすか／神奈川県横須賀市／☎〇四六－八〇一－七八八一／http://engagement.angelicsmile.comr/

20 NPO法人G.Planning／千葉県我孫子市／☎〇四－七一八三－九九三六／http://www4.famille.ne.jp/~namikosi/GP/

21 NPO法人子育てサポーター・チャオ／埼玉県越谷市／☎〇四八－九七一－三八〇八／http://www10.plala.or.jp/koko-net/

22 NPO法人教育ルネッサンス／埼玉県川越市／☎〇四九－二二八－二一二二／http://krs.1npo.org/

23 アトリエ・ゆう／埼玉県さいたま市／☎〇四八－六五八－二五五二／http://f13.aaa.livedoor.jp/~atorieu/

24 NPO法人子ども劇場茨城／茨城県牛久市／☎〇二九－八七一－六六四八／http://homepage2.nifty.com/kodomogekijoiba/

25 NPO法人ドリーム・フィールド／静岡県浜松市／☎〇五三－四二二－五二〇三／http://www.h7.dion.ne.jp/~d-field/

26 NPO法人リベラヒューマンサポート／静岡県三島市／☎〇五五－九七二－四三四四／http://www2.ocn.ne.jp/~libera/

27 NPO法人岐阜子ども劇場スマイルパーク／岐阜県岐阜市／☎〇五八－二三三－八九六六／http://www.h4.dion.ne.jp/~sumapa/

28 NPO法人ワンネススクール／石川県白山市／☎〇七六一－九四－二六四二／http://www.viplt.ne.jp/RHAALB4V/

29 大阪外大JFCボランティアチーム／大阪府箕面市／http://www.geocities.co.jp/CollegeLife-Circle/5370/

30 ジャパンアウトドアファクトリー／大阪府大阪市／☎〇六－六三五九－二二三三／http://www.jof-camp.com/
31 NPO法人児童虐待防止協会／大阪府大阪市／☎〇六－六七六二－四八五八／http://www.apca.jp/
32 レイプクライシス・サバイバーズネット関西／大阪府大阪市
33 NPO法人そよかぜ子育てサポート／京都府京田辺市／☎〇七七四－六二－九六七二／http://www7a.biglobe.ne.jp/~soyosapo-rinrin/
34 NPO法人CAPセンター・JAPAN／兵庫県西宮市／☎〇七九八－五七－四一二一／http://www.cap-j.net/
35 NPO法人セクシャリティカウンセリング神戸／兵庫県西宮市／☎〇七九八－七五－六六六二／http://www.npokirala.jp/
36 神戸アルバトロス／兵庫県神戸市／☎〇七八－三五一－一一四〇／http://www16.ocn.ne.jp/~al1140/
37 NPO法人ふぉーらいふ／兵庫県神戸市／☎〇七八－七〇六－六一八六／http://www3.to/forlife/
38 NPO法人子育て支援ネットワークあい／兵庫県神戸市／☎〇七八－八五八－一一六一
39 NPO法人子どもの村を設立する会／滋賀県大津市／☎〇七七－五四四－七二〇九／http://www.geocities.jp/kodomo_mura2004/
40 NPO法人チッチキンダーガーデン／滋賀県大津市／☎〇七七－五二六－三八〇三／http://titti.or.jp/
41 NPO法人岡山県自閉症児を育てる会／岡山県赤磐市／☎〇八六九－五五－六七五八／http://ww3.tiki.ne.jp/~teppey/sodaterukai.htm/
42 NPO法人ひろしまチャイルドライン子どもステーション／広島県広島市／☎〇八二－二七二－五五四〇／http://www15.ocn.ne.jp/~h_child/
43 e子育てセンター（あそび・まなびネット広島）／広島県広島市／☎〇八二－八七二－〇二〇四／http://www.e-kosodate.net/
44 NPO法人守ってあげ隊／愛媛県新居浜市／☎〇八九七－四三－六三五二／http://www.nbn.ne.jp/~ob-1/mamotteagetai.html/
45 NPO法人にじいろCAP／福岡県三潴郡／☎〇九〇－一九二一－七〇二三／http://www.net24.ne.jp/~fhina/niji/
46 NPO法人男女・子育て環境改善研究所／福岡県福岡市／☎〇九二－七六一－四三四六／http://www.kosodate-npo.jp/
47 NPO法人かごしま保健医療福祉サービスを考える会／鹿児島県鹿児島市／☎〇九九－二七五－五一七六／http://www.a-kangaeru.jp/

★二〇〇四年度（二〇〇四年度における「ドコモ市民活動団体への助成事業」応募申請時現在）

1 NPO法人女のスペース・おん／北海道札幌市／☎〇一一－二一九－七〇一二／http://www.ne.jp/asahi/sapporo/space-on/

2 NPO法人心のケア・ステーション／北海道札幌市／☎〇一一－五六三－九五〇〇／http://www.ap-tonuma.net/npo.html/

3 NPO法人光の子／山形県鶴岡市／☎〇二三五－二五－三三四〇

4 NPO法人あおもりNPOサポートセンター／青森県青森市／☎〇一七－七七六－九〇〇二／http://www.anpos.or.jp/

5 NPO法人オープンハウスこんぺいとう／山形県新庄市／☎〇二三三－二九－二三〇一／http://www.konpeito.jp/

6 NPO法人ならしの子ども劇場／千葉県習志野市／☎〇四七－四五一－三六七六／http://www5.ocn.ne.jp/~ngekijou/

7 NPO法人フローレンス／東京都中央区／☎〇三－三四九三－二八四一／http://www.florence.or.jp/

8 NPO法人ネモ ちば不登校・ひきこもりネットワーク（略称モネット）／千葉県千葉市／☎〇四三－二〇六－三五〇六／http://nponemo.net/

9 NPO法人芸術家と子どもたち／東京都豊島区／☎〇三－五九六一－五七三七／http://www.children-art.net/

10 NPO法人日本エデュテイメントカレッジ／千葉県浦安市／☎〇四七－三八二－一五四四／http://nipponedutainment.hp.infoseek.co.jp/

11 NPO法人和泉自由学校／東京都杉並区／☎〇三－五三七六－三二七二／http://www.aa.alpha-net.ne.jp/y-shimi/

12 NPO法人ぴゅあ・さぽーとやんちゃっこクラブ／東京都品川区／☎〇三－三四五〇－七四〇二

13 NPO法人かしわふくろうの家／千葉県柏市／☎〇四－七一三二－六〇二五／http://members.jcom.home.ne.jp/k-fukurou/

14 NPO法人カリヨン子どもセンター／東京都文京区／☎〇三－三八一八－七四〇〇／http://www.h7.dion.ne.jp/~carillon/

15 花みずき／神奈川県川崎市／☎〇四四－九〇〇－七七八一

16 NPO法人そだちサポートセンター／神奈川県平塚市／☎〇四六三－二五－六六六二／http://www3.ocn.ne.jp/~ssc/

17 NPO法人子ども虐待ネグレクト防止ネットワーク／神奈川県伊勢原市／☎〇四六三－九〇－二七一五／http://www1.odn.ne.jp/cmpn/

18 NPO法人未来の子どもネットワーク／茨城県龍ヶ崎市／☎〇二九七－六三－〇七二二／http://miranetto.finito-web.com/

19 NPO法人ままとんきっず／神奈川県川崎市／☎〇四四－九四五－八六六一／http://www.mamaton.jpn.org/

20 NPO法人子育てネットワーク・ピッコロ／東京都清瀬市／☎〇四二－四九二－一一三九／http://www.piccolonet.org/

21 NPO法人子ども情報館／千葉県君津市／☎〇四三九－五〇－〇四一五／http://members.jcom.home.ne.jp/kkc-01/top.htm/

22 syuppa／茨城県東茨城郡／☎〇二九－二五九－二七七四／http://sudatipan.ld.infoseek.co.jp/

23 NPO法人ぴゅあ／東京都西東京市／☎〇四二－四六三－六三四八／http://www.npo-pure.org/

24 NPO法人子育てネットワークゆめ／神奈川県横浜市／☎〇四五－八〇〇－五七六〇／http://www.navida.ne.jp/snavi/npo_popo_index.html/

25 NPO法人つばさ／東京都文京区／☎〇三－五六八五－二八一六

26 NPO法人SEPY倶楽部／東京都豊島区／☎〇三－三九四二－五〇〇六／http://www.toshima.ne.jp/~nposepy/

27 NPO法人浜松オープンスクール／静岡県浜松市／☎〇五三－四七四－四三二一／http://www.open.or.jp/

28 NPO法人子どもの虐待防止ネットワークあいち／愛知県名古屋市／☎〇五二－二三二－二八八〇／http://www2.ocn.ne.jp/~capna/

29 NPO法人ぱお／愛知県半田市／☎〇五六九－二六－五九八〇／http://www.pao.npo-jp.net/

30 NPO法人こどもって／石川県金沢市／☎〇七六－二六四－二五五六

31 NPO法人和歌山子どもの虐待防止協会／和歌山県和歌山市／☎〇七三－四二五－六六二六／http://www3.ocn.ne.jp/~wspcan/

32 NPO法人子どもNPOはらっぱ／大阪府阪南市／☎〇七二四－七一－二二七六／http://www12.plala.or.jp/harappa-home/

33 NPO法人子どもNPOセンター いずみっ子／大阪府和泉市／☎〇七二五－四五－〇六五九／http://www.geocities.jp/izumikko2/

34 財団法人大阪キリスト教女子青年会（大阪YWCA）／大阪府大阪市／http://osaka.ywca.or.jp/

35 財団法人大阪府男女共同参画推進財団／大阪府大阪市／☎〇六－六九一〇－八六一五／http://www.dawncenter.or.jp/top/index.jsp/

36 NPO法人えんぱわめんと堺／ES／大阪府堺市／☎〇七二－二九九－一八七六／http://www.npo-es.org/

37 NPO法人ワークレッシュ／大阪府大阪狭山市／☎〇七二－三六八－七七八九／http://workcreche.hp.infoseek.co.jp/

38 NPO法人地域情報支援ネット／大阪府東大阪市／☎〇六－六七二五－七八〇八／http://www.aun.ac/

39 NPO法人CAPセンター・JAPAN／兵庫県西宮市／☎〇七九八－五七－四一二一／http://www.cap-j.net/

40 NPO法人シーン／大阪府高槻市／☎〇七二－六八四－八五八四／http://www.npo-sean.org/

41 NPO法人子ども劇場岡山県センター／岡山県岡山市／☎〇八六－二三三－一七三一／http://ww3.tiki.ne.jp/~k-g-okayama/

42 ＮＰＯ法人ひろしまチャイルドライン子どもステーション／広島県広島市／☎〇八二－二七二－五五四〇／http://www15.ocn.ne.jp/~h_child/

43 ＮＰＯ法人子ども劇場山口県センター／山口県山口市／☎〇八三－九七三－八一四一

44 ＮＰＯ法人レモンの会／広島県広島市／☎〇八二－二四一－八〇四五

45 ＮＰＯ法人子どもの虐待防止ネットワーク・かがわ／香川県高松市／☎〇八七－八八八－〇七五八／http://www7.ocn.ne.jp/~kcapn/

46 ＮＰＯ法人わははネット／香川県高松市／☎〇八七－八二二－五五八九／http://www.npo-wahaha.net/

47 ＮＰＯ法人みやざき子ども文化センター／宮崎県宮崎市／☎〇九八五－六一－七五九〇／http://www.kodomo-bunka.org/

48 ＮＰＯ法人アメラジアンスクール・イン・オキナワ／沖縄県宜野湾市／☎〇九八－八九六－一九六六／http://www.amerasianschool.net/

49 ＮＰＯ法人くまもと子どもの人権テーブル／熊本県熊本市／☎〇九六－三七九－〇六七六／http://www5c.biglobe.ne.jp/~k-table/

50 ＮＰＯ法人させぼ共育村／長崎県佐世保市／☎〇九五六－二二－三七〇〇／http://sasebo.main.jp/

【著者紹介】

阿蘭ヒサコ（あらん・ひさこ）
【生んでくれてありがとう——貧困のなかで育つ子どもたち】

エディター／ライター。早稲田大学教育学部卒業後、出版社勤務を経てフリーランスに。「世の中のわかりにくいことを、わかりやすい言葉で伝える」を信条とする。子育て、国際結婚、育脳、異文化コミュニケーションなど幅広い分野で取材・執筆活動を行う。

冨部志保子（とみべ・しほこ）
【シェアライフ——社会的養護からの巣立ち】

エディター／ライター。編集制作会社 有限会社グルーラップ取締役社長。編集プロダクション勤務を経て、フリーランスに。2005年から現職。医療、ライフスタイル関連の編集制作を続けながら小説執筆を行う。

MCF 子どもの明日

そして、生きる希望へ
——貧困に立ち向かう子どもたち

二〇一五年三月一九日 初版第一刷発行

著者 阿蘭ヒサコ、冨部志保子
発行者 長谷部敏治
発行所 NTT出版株式会社
〒一四一-八六五四
東京都品川区上大崎三-一-一 JR東急目黒ビル
営業担当 TEL 〇三-五四三四-一〇一〇
FAX 〇三-五四三四-一〇〇八
編集担当 TEL 〇三-五四三四-一〇〇一
http://www.nttpub.co.jp

制作協力 アジール・プロダクション
装画 井上文香
デザイン 米谷豪
印刷・製本 図書印刷株式会社

ISBN 978-4-7571-4340-1 C0095

モバイル・コミュニケーション・ファンド

「子どもの明日」

シリーズ

本シリーズは、「今、子どもに何が起きているのか」という現状を
多くの人に知っていただくことを目的にしています。
そしてこれらの問題を皆様と共有し、
社会全体の課題として取り組んでいきたいと考えています。

子どもたちの叫び
――児童虐待、アスペルガー症候群の現実

内野真／オザキミオ〔著〕

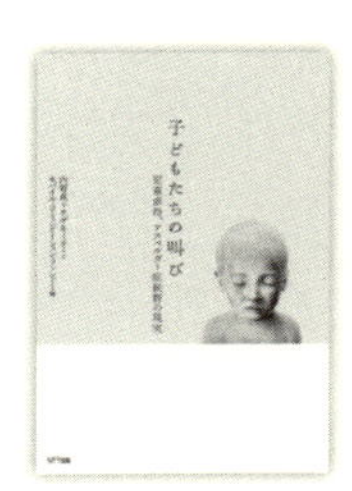

傷つきながらも懸命にSOSを発信する子どもたちの声を描く、2つの物語。「心を抱きしめて――児童虐待 愛されなかった子どもたち」、「さまよう心――アスペルガー・タイプに生まれて」を掲載。

定価（本体1,500円＋税）ISBN：978-4-7571-4153 -7

子どもたちに、ほほえみを

阿蘭ヒサコ／冨部志保子〔著〕

「ドとレの間に…――音楽療法で育む、障がいのある子どもたち」、「六割の記憶――虐待の痕跡に向き合って」という2つのストーリーを通じて、「子どもたちの笑顔のために、私たちに何ができるのか」を模索する。

定価（本体1,500円＋税）ISBN：978-4-7571-4220-6

ぼくをわかって！

阿蘭ヒサコ／冨部志保子〔著〕

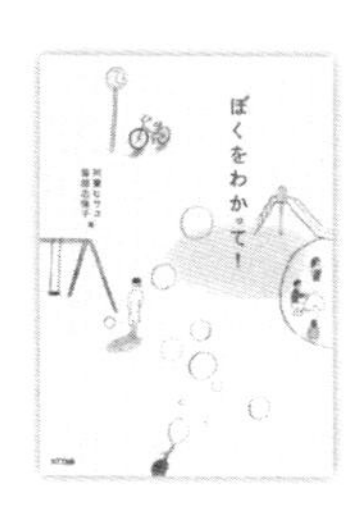

自閉症、不登校の子どもと家族の成長をテーマとした2つの物語。「普通ってなんだろう――自閉症児の親になって」、「『通わない』選択――不登校がもたらしたもの」。

定価（本体1,500円＋税）ISBN：978-4-7571-4244-2